あの日見た花の名前を
僕達はまだ知らない。

未聞花名 下

岡田麿里 著

不論何時，直到永遠，我們都是好朋友——

他們是一群曾是好友的兒時玩伴，自稱「超和平Busters」，六個人總是玩在一起，升上高中以後便各自分散。唯一沒變的少女——芽芽突然出現在仁太面前，表示「請他實現自己的心願」，於是六個人再度聚集在一起。芽芽出現的意義，以及她的願望是什麼？每一個人開始正視藏在心裡的傷口——

芽芽
本間芽衣子

皮膚雪白，給人感覺有些夢幻的少女。個性天真爛漫，在六人中是吉祥物般的存在。

鶴子

鶴見知利子

一板一眼的優等生，興趣是看書，和雪集上同一所高中。

安鳴

安城鳴子

外型亮麗的時下辣妹，其實剛上高中，和仁太同年。

波波

久川鐵道

從前個子矮小，就像大家的弟弟一樣，現在長得人高馬大。沒有上高中，在世界各地到處旅行。

仁太

宿海仁太

從前在六個兒時玩伴之間是中心人物，但升上高中以後，成了輕度的家裡蹲。

雪集

松雪集

長相俊秀，家境優渥，從小到大沒吃過苦，頭腦聰明，就讀升學高中。

目次

あの日見た花の名前を
僕達はまだ知らない。

許金玉──譯

岡田麿里

未聞花名

（下）

空洞的記憶

開了一個「大洞」。

生長在秘密基地後頭的大樹上開著「大洞」。

無盡延伸的黑暗，彷彿延續到了另一個世界。

她從那裡注視著，雙眼中讀取不到半點情感。我害怕起來，一個勁地往「大洞」裡塞進石頭。

這下子就可以放心了，我略微鬆了口氣後回過頭。

從石頭與石頭的縫隙間，她……芽芽正看著這裡。

我更是害怕得不得了，繼續胡亂把石頭塞進「大洞」裡。因為我無法朝芽芽丟石頭。要是那天沒許下「希望還能再見面」的願望就好了。

芽芽就在「洞」裡。

從那天起，一直屏氣凝神地待在這裡。

那之後的人們

「嗨嗨，歡迎！要喝咖啡嗎？」

「啊，嗯。謝啦。」

松雪在秘密基地帶來了視覺衝擊的那晚之後，過了一個星期。

那之後的早晨與夜晚格外短暫。

有芽芽的早晨，有芽芽的夜晚。沒完沒了地天南地北閒聊，一起喧譁打鬧，累了倒頭就睡。一天當中存在著這樣的開始與結束，感覺非常新鮮。

另一方面，那之後的白天格外漫長。

就算想去學校，雙腳卻不想移動，但又不想讓芽芽知道我拒絕去上學這項事實，於是整天在外徘徊遊蕩……要在這座書店只有一間，也沒有漫畫咖啡廳，遊藝中心前陣子又已經倒閉的鎮上閒晃蹓躂，終究有極限。

不得已之下，從三天前起，我整天都待在秘密基地。

雖然一開始有些抗拒，但波波和以前一樣都沒變，山上吹撫而過的風又比平地涼爽一些，我很快就待得十分舒適自在。雖然覺得不敢去學校的自己真沒用，但相較於只是窩在家裡的那段日子，也許算是進步了許多。

我咚地坐在秘密基地的沙發上，些許灰塵飛起。

「欸，芽芽同學的情況如何？」

「嗯……跟平常一樣吧。」

對於這根本無法用「平常」兩字來形容的關係，我故意這麼回答。

關於芽芽回來了，以及她就跟以前的芽芽一樣，無憂無慮地度過每一天，超和平 Busters 的成員應該都相信了這些事實。但是，他們依然沒有跑來我家。

「芽芽——出來玩吧～～」這種事情也沒有發生。

對於這種一下子就超越了日常生活範圍的奇怪現狀，沒有人可以輕易融入吧。

但說得也是，我起初也是不知所措。

更何況我看得見芽芽，但大家看不見她。

「喏。」

波波遞來了鶴見給的馬克杯。所有馬克杯形狀都不一樣，但不知何時起波波似乎決定了哪個是「我專用」的馬克杯，每次都用同一個馬克杯為我倒咖啡。

我也在不知不覺間習慣用波波這個小名叫他，就跟那個時候一樣。

「對了，我花了很長的一段時間在想……」

「怎麼了嗎？波波……咦？」

波波無預警地在我面前跪坐。

「我是真心誠意，不含一絲虛假……絕對要實現芽芽的心願！」

「咦……」

不含一絲虛假，絕對要實現。

「所以你之前都是虛情假意嗎？」

「啊，不是！我不是這個意思啦，可是……」

波波有些支支吾吾。不過，我大致可以明白。

波波至今那種「為她實現心願」的念頭，多半類似供奉在墓前的花朵吧。對芽芽的思念越強烈，越想獻給她又大又美麗的花朵，像要「讓自己能夠接受」一般。

但是，真實地感受到芽芽的存在以後，「想為芽芽做些什麼」的心情，就直接轉化成「為她實現心願」的動力……那一天，我們什麼也無法為她做到，羈絆就那麼乾脆地被切斷了。可是，這次一定——

「超和平 Busters 的所有成員也都相信了芽芽的存在吧，也約鶴子跟雪集。」

「雪集……」

這時，我們的動作倏地定住。

閃過腦海的，是不知該同情、該笑，還是該害怕的，教人想忘也忘不了的女裝模樣。

……不，我知道這不該笑，當下也一點想笑的心情都沒有。但坦白說這一週來，洗澡、上廁所甚至是和芽芽一起吃飯的時候，總會三不五時掠過腦中……讓我始終有種難以言喻的複雜心情。

我不認為雪集會和我們一起行動。

因為，他被我們看到了那副模樣。

「應該振作不起來吧……」

「嗯，應該振作不起來。」

「他絕對無法振作。」

我和波波同時「嗯嗯」地用力點頭，眉心之間擠出了明顯的三條線。

*

應該振作不起來。

與仁太兩人的預料相反，集一派氣定神閒，平淡又謹慎地過著優等生生活。

跟向他攀談的女生簡單聊幾句，講義若無其事地迅速提交，在餐廳裡點鮮蝦炊飯，絕不是烏龍麵或每日更換的薑燒豬肉定食。

「真教我驚訝。」

知利子發表的感想不偏不倚，非常中肯貼切。

「嗯，我也很驚訝。那種情況就是俗稱的著了魔吧。」

「如果是著魔，你的準備還真齊全，連小腿毛也刮了。」

「我的毛本來就不多，因為我男性荷爾蒙偏低。」

「教我吃驚的才不是你的變態行為，而是你為什麼可以這麼乾脆地回到日常生活？」

「不然我要怎麼做妳才滿意？」

「成為繼宿海仁太之後，超和平 Busters 的第二個家裡蹲。」

「妳還真是惹怒我的天才。」

校舍後頭，集與知利子靠在新蓋校舍的醒目白牆上，度過午休時間。看似是學妹的女學生們經過時，頻頻瞄向集交頭接耳。反之，投向知利子的目光帶有敵意。

「看吧，都是因為妳欺負我，才會被瞪。」

「……哦？如果把你的女裝照片同時發送給所有人，那種視線也會消失得一乾二淨吧。」

「肯定是。」

「你那張撲克臉崩潰時的樣子，實在是很精彩。」

「……現在想來，是因為我混亂到了極點吧。」

「咦？」

集也不願意在超和平 Busters 面前暴露出自己那副德行。

最初的開端是髮夾。

與知利子等著要坐電車回家的期間，就在車站大樓裡四處閒晃時，他發現了跟原本要送給芽衣子，但她拒絕收下的那只髮夾酷似的髮夾。集半是無意識地買了下來。

明明知利子就在旁邊，他感覺到了她的視線。

回到家後，集試著將髮夾別在頭髮上……心想：真是蠢斃了。

那是為了接近芽衣子的儀式。

抑或是為了再次「覆蓋」掉，那天不肯接受自己的芽衣子的儀式。

集將一點一滴收集來的芽衣子碎片，逐一套在自己身上。然後對著映在鏡中的自己，重複呢喃著那一天自己「想聽芽芽說的話」。

這樣的舉動太過沒有意義，反而變質成了過度有意義的事情。曾幾何時，集陷入了一種只有自己了解「現在」的芽衣子的錯覺。

（現在，芽衣子不存在於任何地方。）

自己創造出來的芽衣子，是最靠近芽衣子的存在。同時真要說的話，集也相信自己比超和平 Busters 的所有人更思念著芽衣子。

但這份堅信……因仁太聲稱的「芽芽的願望」而動搖了。

混亂到了極點後，夜裡做出奇怪行為。一般來講確實如知利子所言，這件事的打擊有可能大到他從此得躲在家裡，或者精神崩潰。

但是，集有些如釋重負。

因為對他來說，「現在」的芽衣子變得太過巨大，在他心中已經到了無法收拾的地步。

「那件連身裙呢？」

「還在。」

「你還有留戀嗎？」

「浪費妖怪會出現吧。」

如果浪費妖怪就是芽衣子，而且沒有去仁太家，而是跑來自己家的話……集剎那間如此心想。

*

「嗯……總之，先不說這件事了。」

我和波波決定暫且將松雪一事統稱為「那件事」，先丟在旁邊不管。

若不先置之不理，那些衝擊性的影像感覺又會掠過眼前，讓人回想起飛揚裙子底下若隱若現的健壯小腿，以及小腿肚上鮮明的男人線條。

「有沒有什麼線索啊？像是可以知道芽芽的心願是什麼的提示……喏，例如日記之類的。」

聽了波波的發言，我驚覺地抬起頭。波波大概也想起來了，兩人幾乎同時大叫出聲：

「交換日記……！」

對喔，徹底忘得乾乾淨淨。

我們在夏天開始前不久，好像是從百無聊賴的梅雨時期起，互相輪流寫起了交換日記……

「我們來寫交換日記吧——！」

最先提議的人是安城。她甚至準備好了畫著從沒見過的人物的筆記本，得意地張大鼻孔。

「《Nicola》雜誌上寫了，感情好的朋友們都會寫交換日記喔！聽說東京的學生也都在寫喔！」
「咦，真麻煩──」
所有男生都百般不願，但松雪一聽到芽芽嚷著：「我想寫我想寫──！」就立刻改口說：「嗯……大概滿好玩的吧……」現在回想起來，他的那種反應實在太好懂了。
於是我們開始寫交換日記。
安城用一絲不苟的小字，像暑假作業的讀書心得一樣密密麻麻又中規中矩地寫了日記。一看就想睡，所以我忍不住跳過。波波的日記字太醜，根本看不懂，所以也跳過。松雪當作備忘錄一樣，在日記寫下明天該帶去學校的東西，所以有時派上了用場。
真正算在寫日記的人頂多只有鶴見。她將班導或校長的五官畫成Q版塗鴉，大家看了一起捧腹大笑。
芽芽的日記……我想就是很平淡。說實在話，我記不太得了。只有那傢伙特有的圓圓字跡逐一浮現在腦海中。

是啊，到頭來沒有什麼令人印象深刻的記憶，因為沒過多久就結束了。對，交換日記一事讓我深刻記得的就是——

是我終止了它。

起初幾次我還勉為其難地配合，但最終還是覺得很麻煩，而且我也開始受不了安城和鶴見因此催促我。

「仁太，交換日記在你那裡吧！」

「跟我沒關係，是在波波那裡吧？」

「不、不是我啦！我對天發誓，絕對不是我！」

芽芽睜著滴溜溜的大眼睛，盯著我窩囊地抵賴跟誣陷的這一幕。

啊，被她看穿了吧。我心想著，但一心只想終止交換日記的我，決定裝傻到底。

碰巧就是那天回家，我與芽芽兩人獨處。

大家各自都有事情或者感冒了，但只有兩個人一起玩也很無聊……說穿了，是和芽芽獨處讓我莫名難為情，覺得渾身不自在，只想直接回家。

我們一前一後走在休耕農田旁的狹窄小路上，芽芽從背後對我搭話。

「欸，仁太。」

「幹嘛？」

「日記在仁太那裡吧？」

「跟我沒關係，都說了是在波波那裡吧……！」

「芽芽不會生氣，也會向大家保密……所以，給芽芽吧？」

我一開始不懂芽芽這句話的意思，茫然怔住後，芽芽再次緩慢地重複說道：

「給芽芽吧？」

「呃啊啊啊！果然交換日記是卡在仁太那裡嘛！仁太你太過分了，簡直罪大惡極！」

跟那時不一樣，變得魁梧高大的波波氣勢洶洶。

「過去的過錯就付諸流水吧。」
「送我快樂兒童餐的玩具就付諸流水吧，現在是航海王的玩具！」
「啊……知道了啦。」
「耶——！漢考克等著我吧！」
話又說回來，為什麼芽芽那時候想將交換日記留在自己身邊呢？是因為預見了自己的死亡？想收集與朋友們的回憶，盡可能放在自己身邊？
……怎麼可能。
「哎，總之交換日記在芽芽家吧？」
「嗯，應該是吧。」
「那要不要去找芽芽的母親？」
「咦……」
我們沒有出席芽芽的喪禮。
正確來說是無法去。當天父親本打算帶我去豐島園遊樂園，明明一到假日，他都固定帶我去老媽住的醫院。

我說我不想去。

因為我已經在學校聽說，芽芽的喪禮就在那一天。我不停地耍賴央求，說我想出席喪禮，讓我去讓我去。

老爸好一陣子沉默不語，但終究答應了我，然後將大手放在我的頭上，喃喃說出了母親的口頭禪：「仁太，你很努力呢。」

老爸讓我穿上黑色短褲，帶我前往喪禮會場。

一路上我在想什麼呢？

對於芽芽的死亡，我內心有太多想法。但是，我想自己大概並不怎麼理解「芽芽的喪禮」所代表的意義。

不過，很快地我再不願意也體悟了這項事實。

我在喪禮會場的入口附近，看見了在疑似是親戚的阿姨攙扶下，哭得泣不成聲的芽芽母親。她完全沒有化妝，鐵定也沒有梳頭髮，起先我還以為那是芽芽的奶奶。她真的一口氣蒼老了許多。
察覺我們的到來，在場的幾個大人繃緊全身。
芽芽的母親抬起滿是淚水的臉龐……那個表情我至今仍然忘不掉。
惡魔的臉一定就長這個樣子吧，我這麼想道。臉上同時有著失去了所有力氣的虛無，與凝聚了所有憎恨的黑暗。
「你為什麼在這裡？」
芽芽的母親用彷彿有人拿著冰針刺在我背上的冰冷嗓音低語，然後朝我走近了兩、三步。親戚們慌忙拉住芽芽母親的肩膀。
同時，芽芽的母親口中吐出了惡魔的詛咒。
我想她肯定說了一些話吧，但根本無法聽清楚。我整個人非常害怕，只能呆站在原地。父親將頭低到了不可置信的地步，拉著我離開。
蟬鳴聲、芽芽母親的呻吟聲以及誦經聲合而為一追了過來。然而，我的雙腳卻不像是自己的，一動也不動。

超和平 Busters 沒有半個成員出席芽芽的喪禮。我想果然和我家一樣，都被父母制止了吧。

這座城鎮本來就不大，後來我也曾在路上巧遇芽芽的母親。但是，我從來不曾與芽芽的母親眼神交會。

可能是因為我們彼此都別開了目光，也或許是芽芽的母親……在那天之後一直低垂著臉龐走路。

「找芽芽的母親嗎……」

聽到波波的提議，復甦的記憶讓我垂下了頭。

的確，如果拜託芽芽的母親……我想沒有父母會丟掉孩子的遺物，應該可以拿到交換日記吧，可是——

「最好不要吧！」

「咿?!」

我們因為這聲大喊而回過頭去，安城就站在那裡。

「什麼！妳、妳幾時出現的?!」

「安鳴，妳上個廁所還真久耶。」

「……那、那是因為……這裡沒有廁所嘛！」

「不會吧，妳在後面的泥土地挖了洞嗎？」

「我怎麼可能在那種地方上廁所！我特地下山過橋，去了公共廁所啦！」

安城穿著制服。我仰頭看向掛在牆上的時鐘，才剛過中午。

「……安城，學校呢？」

「咦？哦……因為今天早上我不怎麼想去上學。」

「這傢伙跑過來問我要不要一起去仁太家，說想去見芽芽。」

「……！我、我明明說了這是秘密吧！」

「安鳴，妳就坦率一點嘛。」

看見脹紅了臉的安城，我不禁有些高興。是啊，大家只是有些害怕面對未知的事物，但都很在乎芽芽。這裡的人都如此關心芽芽。

「看吧，跟我說的一樣。」

「咦？」

聽到我的喃喃自語，安城出聲反問。

「啊，不……沒事。」

說完，我想到了芽芽命名的「不沒事星人」，忍不住呵地笑了出來。

「……？宿海，你怎麼回事？很噁心耶！」

欸，芽芽……妳果然不是外人。

交換日記

「嗯～……好無聊喔。」

芽衣子玩著仁太借給她的ＤＳ遊戲機，畫面遠比五年前的遊戲還要漂亮，起先她還覺得很開心又新鮮，但不出多久就膩了。

外頭正午陽光普照，但起居室裡沒有窗戶，總是有些幽暗。仁太在的夜晚，因為有日光燈跟開心的聊天，反而感覺更加明亮。

芽衣子隱約察覺了仁太並沒有去學校。

（仁太跑去哪裡了呢……）

芽衣子也能明白仁太不想去上學的心情，然而，因為她不經大腦就說了「希望仁太去上學說不定是芽芽的心願」，對仁太造成了壓力。

對集和母親也一樣，自己「無心的存在」傷害了集和母親。她可以向仁太道歉，但甚至無法對集和母親這麼做。

（為什麼呢？）

芽衣子打開筆記本，拿起筆試著寫下文字。但是，那些文字只是輕盈地從紙面上方滑過。

她可以抱住仁太，也可以吃鹽味拉麵。可是，為什麼……卻沒有辦法寫字或是留下聲音，向大家傳達自己的心情呢？

（果然是因為我是外人？）

仁太說了芽衣子不是外人。但是，芽衣子無法克制地就是這麼覺得。

就在回父母與弟弟所在的屋子時，她在起居室裡頭撞倒了杯子。僅是如此，就像扔下了小石頭的湖面出現漣漪一般，有種緊張兮兮的氣氛擴散開來。

自己「不能在這個世界留下任何東西」。

自己果真是被這個世界排擠的人。

（真是過分……呢。）

芽衣子回想起了加入超和平 Busters 前的自己。

因為頭髮和瞳孔的顏色很淡，從讀幼稚園時開始，芽衣子就被稱呼為「ㄨㄞˋ ㄍㄨㄛˊ ㄖㄣˊ」。

芽衣子一開始不懂「ㄨㄞˋ ㄍㄨㄛˊ ㄖㄣˊ」是什麼意思，問了母親。母親便露出有些寂寥的微笑回答：「這件事妳不用去想喔。」

不算回答的回答。

不久之後，芽衣子知道了ㄨㄞˋ ㄍㄨㄛˊ ㄖㄣˊ就是其他國家的人的意思……寫作「外國人」。

聽到外國人這個單字，芽衣子聯想到的情景，就是在寒冷的冬夜裡，自己赤裸著腳被趕到屋外，然後像接受施捨般，拿到裝了某些東西的塑膠袋。裡頭裝了少許提供給在外生活的人吃的飯，而且是沒有撒上芝麻鹽的白飯。

窗戶亮著溫暖的橘色燈光，大家的笑聲傳了出來。但是，自己不能進去，今天要在狗屋睡覺。芽衣子家沒有養狗，所以要去隔壁鄰居家借一下狗屋。是隻總對自己狂吠的可怕狗狗。我們能好好相處嗎？會不會被咬呢——芽衣子想像著這樣的自己，嚎啕大哭起來。

直到遇見仁太他們之前，芽衣子都是外人。但是……仁太他們就像面對一般人一樣地和自己相處。

她很明白仁太不想去學校的心情，也許仁太在現在的學校裡是「外國人」。

但是，現在的芽衣子不能將仁太拉進自己的圈子裡。因為，芽衣子在這個世界裡是「外國人」。

仁太曾對自己那麼好，現在的她卻什麼也無法為他做到。

如果從一開始，一直是孤單一個人就好了，或許不會像現在這樣感到寂寞。因為體會到了與超和平 Busters 成員們在一起的快樂，獨自一人的時光變得很痛苦，焦慮的感覺放大了兩到三倍。

「希望仁太早點回來……」

叮鈴。

（嗯……？）

風從敞開的窗戶吹進來。

回頭看向發出涼爽鈴聲的風鈴，仁太的母親正凝視著芽衣子。從佛龕上的遺照，那小小的相框裡頭。

叮鈴……叮鈴。

「芽芽。」

那是一段記憶。

像加了巴斯克林沐浴劑的熱水一樣，和煦又含有些許濕氣的風吹動窗簾。仁太的母親撫摸著獨自去探望她的芽衣子的頭髮。她的手指幾乎瘦成皮包骨，複數的點滴痕跡教人看了很心疼，但是，芽衣子還是覺得觸感很柔軟。

「對了，芽芽，我有件事情想拜託妳……」

「咦……？」
芽衣子的雙眼頓時有些迷濛失焦。
（有願望的人……不是芽芽嗎？）

*

離開秘密基地後走過橋，來到商店街的盡頭。
莫名其妙地，我變成和安城一起回家。
跟鞋惱人的喀喀喀腳步聲從斜後方緊跟著我。明明她的身高跟我差不了多少，步幅卻差很多。
女人真麻煩……
迫於無奈之下，我縮小自己的步伐。夕陽餘暉下，安城的影子深邃地落在地上，綁成兩支馬尾的頭髮搖來晃去。那道影子似乎有話想對我說。
女人真的很麻煩……

於是，安城的影子前所未有地大幅晃動了一下。
「欸……欸，你看！」
「咦？」
我循著安城的目光，看見前方是間洗衣店，一位老婆婆拿著裝滿了洗淨衣物的袋子走了出來。
雖說是老婆婆，但姿態相當迷人。背部挺得筆直，穿著及膝的高雅裙子，如果單看輪廓，不但不像老婆婆，看來根本是年輕女子。
至於為什麼把對方看成老婆婆……是因為她有一頭沒染過的完美白髮——
「！」
是芽芽的母親。
為什麼偏偏在我和安城走在一起的時候出現？
不過，我還以為她會像以前偶然在路上擦肩而過時一樣，主動別開目光，但一樣偏偏在今天……
「仁太、鳴子……？」

芽芽的母親開口叫住我們。我緊張得一口氣冒出許多汗水。

「啊……您、您好！」

我緊張得發出了沒出息的尖銳聲音。芽芽的母親發現我顯然很緊張，從容鎮定地露出了微笑。

「請進，不好意思家裡很亂。」

……為什麼事情會演變成這樣？

在芽芽母親的熱情邀請下，我們來到芽芽家喝茶。

「芽衣子也會很高興的，因為你們兩個人以前很常來玩。」

騙人。

我們超怕芽芽的父親，嚇得半死。即使向他寒暄，他也都是看著報紙板起臉孔，還會不高興地對我們說：「去外面玩。」

所以來芽芽家，頂多只有兩次……或三次吧。芽芽的母親為什麼要撒這種謊？

「要不要向芽芽打聲招呼呢？」

語畢，芽芽的母親瞟向房間角落。
「！」
那裡有著佛龕……和框著芽芽笑容的遺照。
不是出現在我身旁，稍微長大了一點的芽芽。而是跟記憶中一樣，全然沒變的芽芽……因為完全沒有改變，看起來反倒像是陌生少女的那張笑臉，孤伶伶地被擺在那裡。
「……」
好像有人緊揪住胃部的沉悶痛苦，讓我忍不住別開視線。
安城的心情大概也一樣吧，身後她大幅起伏的情緒波動幾乎要透過空氣傳來。
我也說不上來為什麼，但我認為安城是「同伴」。
完全沒有悼念死者這種莊嚴的心情，純粹只是雙手合掌，敲響銅磬。芽芽的母親像在檢查一樣，監視著我們一連串的動作，然後說了：
「對了，我有東西想拿給你們。」
接著露出微笑。但是，眼神中有著向我們挑釁的意味。

「你們等一下喔……」

芽芽的母親領著我們來到一間空曠的橘色房間。

並不是房內貼著有色壁紙，而是因為裡頭沒有半件家具，連窗戶上的窗簾也拆了下來，所以夕陽的橘色光芒沒有放過任何角落地籠罩整個房間。

淒涼的景象與夏天的悶熱溫度形成對比，肌膚滲出汗水，也說不定是冷汗。

如果不說這是芽芽的房間，我壓根看不出來。

進來這裡的次數並沒有多到足以留下回憶，但是……我記得這個地方，以前應該被布偶等各種東西掩沒才對。

但是，在無須辯駁的冷清景色壓迫之下，我已經想不起來了。只覺得好熱，但又流不出汗……

我也沒有與安城對視，只是一心祈禱著，希望時間快點過去。

芽芽的母親喀沙喀沙地翻找五斗櫃。

「這些就是全部了。」

說著，她將一個小紙箱放在房間中央。

「……」

所謂啞然失聲，指的就是這種感覺吧。

打開的紙箱中，放著幾本相簿、芽芽畫的圖跟讀書心得等東西。正如芽芽的母親所言，芽芽曾經活著的「所有證據」，都塞在一個小紙箱裡。

「孩子的爸說，要我別一直留著芽衣子的東西。」

芽芽的母親始終面帶著沉穩的微笑接下去說：

「所以呢……雖然這樣東西其實我很想保留，但也算是你們的東西吧？我在想是不是還給你們比較好。」

芽芽的母親從紙箱裡拿出的東西——

該說是時機太湊巧……不，是太不巧了嗎？正是我們渴望拿到的，大家的交換日記。

＊

我與安城一百八十度大轉彎回到秘密基地，向波波說明了事情始末。

「這東西必須在所有日記主人的同意下才能看。」波波說道，也寄了集合的訊息給松雪他們。

「突然就聯絡他們，他們應該不會過來吧？我們先看吧。」

「不，這種東西是好兆頭！」

「什麼好兆頭，更何況……」

松雪根本不可能來吧。我原本這麼認為，但是……

「嗨，辛苦了。」

……人來了。

據說正好走到車站的松雪與鶴見，穿著我最討厭的升學學校制服現身。

「聽說找到了交換日記……」

在露出了那樣的糗態後，明明是第一次見面，松雪卻跟平常一樣投來瞧不起人的眼光。真不甘心，不然稍微擺出快要「噗」地笑出來的表情吧……想歸想，我最終還是作罷。

「人都到齊了吧！那馬上來看交換日記……」

波波用粗大的手指翻開日記本。總覺得基地內的氣氛霎時有些緊張，但不懂察言觀色的波波絲毫不以為意。

第一頁日記上密密麻麻排列著格外端整的小字。波波興奮地大喊：

「噢噢！第一彈是安鳴嗎！」

「講話別這麼奇怪啦！」

「這是什麼？妳的內容真莫名其妙耶。人生中多得是不可思議的事，太小的天空與太大的雲，我真的覺得……」

「！」

安城突然滿臉通紅，忙不迭地翻頁。

「怎麼了嗎？」

「沒沒沒、沒事！快點看芽芽的日記吧！」
安城不斷翻開下一頁，於是接著出現了獨特的圓圓字跡。是芽芽的字。
「啊……」
大家沒有察看內容，好半晌只是專注地望著芽芽的文字。是因為覺得芽芽彷彿穿越了時空，出現在日記本上吧。畢竟連平常都看著芽芽的我，也有這種錯覺。
「啊，呃……今天在秘密基地玩耍，真好玩。」
安城只選了芽芽負責寫的日子唸出內容。
「今天去挖了芋頭，好開心。」
「真、真是莫名其妙……不對，這也太隨便了吧。」
安城繼續朗讀，唸出了芽芽好幾天份的日記，但是……
「都是有趣不然就是開心，完全沒有差別嘛……」
「那傢伙……以前就不擅長寫作文。」
由於抱著非常嚴肅的心情在閱讀交換日記，強大的無力感更是襲來。

「啊，這篇不太一樣呢。今天和大家一起玩的時候，我跌倒了，好痛喔。」

「啊，這裡也不一樣。今天跟大家一起去探望仁太的媽媽……」

「！」

仁太的媽媽……？

「探病……嗎？」

「這麼說來，以前大家常常結伴一起去呢……」

沒錯，在老媽的病情還沒有惡化到那麼嚴重時，我經常與超和平 Busters 的所有成員一起去醫院探病。

當然我們也擔心老媽，但是，我們腦海中全然沒有對於死亡的具體想像。能去醫院這種至今不曾靠近過的巨大建築物玩耍，而且醫院附近又有現在已經消失的養豬場，一邊看著豬一邊吵吵嚷嚷說：「好大喔！」「好臭！」「噗噗——」都讓人有些期待。

老媽始終帶著笑容迎接我們。因為老媽的病情明顯開始惡化，不過是在短短兩個月的期間內。當時的我們都不明白老媽為什麼一直住院。

「欸，仁太的媽媽什麼時候可以出院呢？」

離開醫院踏上歸途，安城提起這個話題後，芽芽的雙眼亮了起來。

「對了，我們寫信給神明吧！請祂讓仁太的媽媽早點恢復健康！」

「寫信給神……？」

這個點子簡直是天外飛來一筆，但大家馬上達成共識，覺得這是好主意。小時候，都以為無法理解的事情跟謎團是神造成的。

「可是，要怎麼寫信？」

「嗯……」大家不約而同偏過腦袋，這時波波注意到了某樣東西。

「仁太，你看！」

殘破的公布欄上，貼著鄰市每年都會舉辦的龍勢煙火大會海報。並不是那種會繽紛燦爛地綻放開來的煙火，是一種用筒子將紙屑打上天空的原始煙火。

「對了……那個時候……」

回想起來後，我從波波手中搶過交換日記，不停翻頁。

「仁太？」

「大家決定好要一起做煙火……我想會很困難，不過，我會加油……」

「啊！」

「對喔，我想起來了……我們打算將寫給神的信放進火箭筒裡，然後再送給神明。」

鶴見說完，波波一骨碌地起身。

「嗚噢噢噢，太厲害了！喂，仁太，芽芽的心願就是這個吧？」

「……」

「對啊！一定就是這個，當時本來想做，結果卻沒有做成。欸，宿海……啊……」

為了……我老媽。

我忍不住輕輕撫過芽芽寫的「我想會很困難，不過，我會加油」的文字，指尖彷彿感受到了芽芽的溫暖。

如果這就是芽芽的心願……不，就算不是，芽芽……大家都為了我老媽……

「不好意思掃各位的興，但這恐怕不可能。」

松雪冷冷地說完，我驚訝地抬起頭。

松雪操作智慧型手機，將打開的網頁湊到我眼前。上頭是火藥類物品的管理網頁。

「喏，看這裡，根據『火藥類管制法』，必須年滿十八歲以上，又具有國家資格才能夠處理煙火的火藥。」

「呃，真的假的？」

「如果是組裝玩具煙火，好像還可以想辦法，但也需要執照。」

波波虛脫無力地當場癱軟。

「哦，想想也是呢……按理說製造煙火都需要執照……」

「可是……」

「宿海，怎麼了嗎？」

「如果這就是芽芽的心願……我想讓它實現。」

我不禁脫口而出，感覺到眾人的視線全落在我身上，我難為情到連耳根都發燙了起來。

「呃，不是……那個，怎麼說，我也覺得很困難……但是……」

當我慌慌張張地想含糊帶過時，波波抬起了頭。

「啊……對喔！那個就是這個嗎！」

「啊？那個就是這個？你在說什麼啊？」

「大約是半年前吧，我在打掃時找到的！」

說著，波波興沖沖地翻找起房間一隅，然後——

「找到了，噹噹——！」

在他伸出的右手上，是張揉成一團的粗糙草紙。

「火箭筒煙火的製作方法……？」

攤開草紙後，上頭滿是歪七扭八的字跟圖形，寫下了火箭筒的製作方法。松雪無言以對地嘀咕：

「這是……認真的嗎？」

鶴見也重新戴好眼鏡，反覆端詳了老半天。
「先收集到很多煙火，再把火藥挖出來，放到同一個地方……」
「放進廁紙捲筒中間↓會著火所以不行……這不是廢話嘛！」
「好恐怖！小鬼好恐怖！」
我們一時間興奮地討論著畫在草紙上的荒唐煙火製作方法，松雪咕噥說了：
「可是……以前我們真的以為這樣可行。」
「嗯，以前真的以為能讓這樣的煙火飛上天空……」
畫在草紙上的歪七扭八火箭筒煙火，不像真正的火箭筒那般巨大，也長得根本不像是煙火。
但是，我們都以為這遠比祭典的火箭筒還要酷、還要炫，都以為這個煙火能夠穿透雲層直達天際……飛到神的身邊。
「當時好像都覺得，高中生看起來就是很厲害的大叔，什麼都辦得到……」

「嗯，我反倒覺得當時真的像什麼都辦得到……」

我們沒來由地覺得輸給了小時候的自己，只是出神地一直注視著草紙。

打破沉默的人是波波。

「……來做吧。」

「咦？」

「我打工的地方，有個專門在祭典時做煙火的老爹！我去問問他！」

「真的嗎?!」

波波這麼表示後，現場的氣氛又開始沸騰，但是——

「宿海，等一下，還是先向芽芽確認一下吧？」

松雪的這句發言，又讓現場的氣氛往下降溫。

「咦……向芽芽確認？」

「嗯。如果找到了專家，決定製作真正的煙火，但這卻不是你口中的『芽芽的心願』，一切都是白費工夫吧？」

松雪壞心眼地撇起薄唇。

我一瞬間遲疑著不知道該怎麼回答他。我不希望不經大腦亂說話後，又被松雪的言語傷害到自己，也不想傷害到松雪。但是，久違地又看到了芽芽小時候的字，觸及芽芽的內心世界後……我決定不再想東想西。

「……下次大家一起去見芽芽吧。」

「咦……」

「因為芽芽想見大家，也很寂寞。」

「……」

大家沒有立即應聲。一會兒過後，只有波波開朗地大聲說：「說得也是呢！」

明明大家並不抗拒在秘密基地裡懷念「從前的芽芽」，但一旦想到該怎麼面對「現在的芽芽」，果然大家還是不知該如何是好——

*

「如果要去宿海家，我可以陪你一起去。」

走在一旁的知利子出聲說，集垂下視線。腳下是離開秘密基地的緩和下坡，與夏季明顯不同，初秋的蟲鳴聲蓋過了潺潺水聲響徹雲霄。

「就算沒有保護人，我還是能去朋友家玩。」

「朋友是指宿海嗎？」

知利子一語刺中了潛藏在蓄意挖苦的話語中，莫名疼痛的那塊地方。但現在他的腦袋太過混亂，無法回以更加鋒利的反駁。集只是默不作聲，知利子也沒有繼續追問。

那份不堪回首的記憶，依附在鬱鬱蔥蔥的每一株夜樹上。烤肉那晚，半空中以手持煙火畫出的8符號，深深地烙印在集的心底，沒有消失。

超和平 Busters 的符號，象徵永遠都是好朋友的印記。

芽衣子是真的存在，集已經不再懷疑。

他覺得那個8符號是白色連身裙的延伸，太過強烈的執著，有朝一日會變作「真正的芽芽」。這種事情一定存在。

正因如此，集才不敢去仁太家。

若是近距離地靠近芽衣子……緊接在芽衣子之後，消失的人可能會是自己。

＊

「唉……」

回到家後，鳴子立即鑽進被窩。

她很後悔將交換日記留在秘密基地，但又說不出口要大家交給自己保管。

她老早就忘了自己寫的日記內容，但在看到那一頁的瞬間，往事便歷歷在目地重新浮現在眼前。

「人生中多得是不可思議的事，

太小的天空與太大的雲，

我真的覺得，

喜歡一件事情很不容易。

歡天喜地地慶祝吧！

你們聽到了嗎？」

真的是非常不知所云的日記，但對當時的鳴子來說，這篇日記可是下了非常大的決心，是有著驚人意義的情書。

那是試閱時，經由少女漫畫女主角的舉動所獲得的知識。如果只看那篇日記的頭一個字，連在一起就是「仁太我喜歡你」。

「希望仁太會注意到。」她懷抱著淡淡的期待提交了交換日記，但非常乾脆地遭到無視。

她想其他人也都沒有發現，但當時在秘密基地，知利子看著她露出了洞悉一切般的笑容……好像吧。

鐵定被她發現了……

（真想揍那時候的自己，居然喜歡上那種家裡蹲。）

忽然想起仁太的時候，鳴子必定都叫他家裡蹲，宛如一種效力強大的咒語。因為她很害怕，倘若不這麼做，過去的心情就會不斷甦醒。

為什麼呢？為了吸引仁太的注意力，她染了頭髮、塗了指甲，但這些在不知不覺間，成了「用以遠離仁太」的小道具。

宿海應該不喜歡這副模樣的我……我也不喜歡，所以不是正好嗎？可是……

床鋪底下的手機響了起來，螢幕上顯示著高中友人的名字，鳴子有些不耐煩，但也不想繼續想著仁太，於是接起手機。

「喂，怎麼了嗎？」

手機話筒另一頭傳來了卡拉ＯＫ的音樂與喧鬧聲。今天有聯誼，但鳴子提不起興致去參加。

「欸～小陽在等妳耶，現在過來也沒關係，快點來吧。」

「咦？我不是說了沒辦法嗎？」

於是遠處傳來了男人的說話聲：「叫她一定要過來！」那種粗魯的語氣讓鳴子非常害怕。

大概是聽到了男人的聲音，友人壓低聲音意味深長地說：

「鳴子，妳最近很難相處耶？」

「咦……」

「要是太難約，會被討厭喔？完全不露臉真的太誇張了啦，就算只待一下子也好，快點過來吧。」

「……」

友人的聲音穿透了鳴子的身體。

即使掛斷電話，鳴子依舊茫然失神。在秘密基地裡與仁太他們交談時，她不需要有什麼顧忌，也不必在意他們會怎麼看自己，話語輕易地接連從口中吐出。

不過，是啊，跟新朋友們不能這樣，鳴子心想。

要以真正的自己面對他們，根本不可能……因為現在的她，是「勉強創造出來的自己」。

鳴子長吁一口氣，打開衣櫃。雖然過了晚上八點，但還是得出門參加聯誼。

為了變成肯定會被宿海討厭的——那個自己。

空洞的記憶，臨時想起

理應被關在「大洞」裡的芽芽，始終都沒有消失。那是當然，因為她「只是被關在裡頭」而已。豈止如此，聲音還鑽過小石頭與小石頭的縫隙間流瀉出來。夜晚，即便我用棉被從頭到腳包住自己，芽芽的聲音仍從遠方傳來。「唔……唔……」那是聽來像在呻吟又像在哭的聲音。

怎麼辦？再這樣下去根本睡不著。

母親說了，不好好睡覺就無法長大。

沒錯，再這樣下去我沒辦法長大，也無法成為大人。

不能把芽芽關起來，必須消滅她才行。可是，我根本不想做出這麼悽慘的事情。絕對不能欺負芽芽。

對了，那就這麼辦吧。

「實現芽芽的心願吧。」

＊

「……歡迎回來——」

回到家後，出來迎接我的芽芽雖然嗓音甜美拉長了尾音，但卻帶著正好相反的悶悶不樂表情。

「啊，嗯。我回來了……妳都在幹嘛？」

「呼吸。」

「妳是小朋友嗎？」

……啊，是小朋友沒錯。畢竟她的內在一點也沒有變。

「仁太的爸爸中午回來吃過午餐喔，然後又出門工作了。」

「這樣啊……」

我有些良心不安，不敢直視芽芽。這傢伙顯然在責怪我，果然我沒去學校這件事……

「咦？」

芽芽冷不防拉起我的手臂。

「過來這邊！」

「喂，芽芽，幹嘛啊……」

芽芽將我拉到了起居室後才放開手，然後突然張開雙臂，咧嘴露出了淘氣的笑容。

「噹啷——！」

芽芽示意要我看放在暖爐桌上的東西。在我家最大的一只白色盤子上，堆滿了形狀凹凹凸凸又奇怪的米色塊狀物。

「這、這是……」

「是蒸蛋糕唷！」

「……」

老媽還活著時經常做蒸蛋糕。每當上學前她一表示會做蒸蛋糕當點心，我就會通知大家，上課期間也一直很期待，連吃供應的伙食也只是隨便加點飯。

放學後我帶著大家一路跑回家，一打開玄關大門，香甜的氣味就迎面撲來。

「媽媽，有蛋糕嗎——？」

「有喔。」

母親的笑臉，與暖呼呼冒著熱氣的蒸蛋糕，都教人無比懷念……

……我僅依發生的情況試著想像，但眼前蒸蛋糕的形狀並不怎麼令人懷念。不單是外觀，味道聞起來好像也很危險，做好後大概已經過了一段時間，也沒有冒著熱氣。但是……是芽芽做的蒸蛋糕。

「仁太，快吃吃看！吃吃看！」

我咬了一口。

「……」

門牙感受到了柔軟的觸感，以及與之成對比的顆粒狀粉塊。我再咬了第二口，伴隨著黏稠的口感，多岩海岸的香味在口中擴散開來……

海岸？

「……為什麼蒸蛋糕裡頭有海苔？」

「我跟你說喔！因為現在是晚上，不是點心，算是『晚餐』！裡頭包了具有晚餐感覺的配料ＹＯ！」

其他蒸蛋糕也如芽芽所言，是「晚餐口味」。潛伏在蒸蛋糕中的梅乾、海苔香鬆，以及芽芽回到這裡以後，顯然相當中意的食用香味辣油……

「這還……真是獨創性的口味。」

「嘿嘿！大蒜咬起來脆脆的，很好吃喔！」

我瞄向廚房，看著孕育出了這種恐怖滋味的工廠。沒有清洗的廚具堆積如山，訴說著創造出新口味蒸蛋糕的X計畫之慘烈。

……我在外頭胡亂閒晃的時候，她一直在做蒸蛋糕嗎？

果然很無聊吧。雖然我給了芽芽ＤＳ遊戲機，但是，沒有事情可做，一直關在家裡的那種痛苦……身為家裡蹲的我應該最了解才對。

「好吃嗎？」

「嗯。」

我想也不想就這麼應道。怎麼可能好吃。但是，是什麼味道都無所謂。芽芽還記得老媽做的蒸蛋糕，也沒有責怪我讓她感到寂寞，反而對我露出笑容……每吃一口，芽芽的溫柔好像就在胃裡慢慢擴散。

「……對了。」

「什麼？」

「妳的願望……跟煙火有關嗎？」

「煙火？……啊啊！」

芽芽睜大了雙眼大叫，一而再地興奮說道：「說不定這就是我忘了的願望！」

「可是，為什麼你會知道?!好厲害喔，怎麼想起來的呢？」

「嗯，我跟波波……大家一起討論妳的事情。」

「咦咦！大家聚在一起嗎？」

「咦？呃，不……嗯，只是剛好而已啦，剛好。」

「芽芽也想見大家！」

「是啊。我們也說好了，為了製作煙火要再集合……對了，放學後會去秘密基地，下次也找妳一起去。」

都到了這種時候，雖覺得還假裝會去學校的自己很沒用，但一待在芽芽面前，我就忍不住想耍帥。

「大家都願意為我做煙火嗎？」

「嗯。」

「這樣啊……大家都……」

芽芽忽然陷入靜默，但是，很快又露出燦爛的笑容滔滔不絕地說：

「那在那之前，芽芽會練習做很多、很多的蒸蛋糕！然後再拿給大家吃！」

「嗯。」

「然後呀！大家再一起吃著蒸蛋糕，一邊用煙火畫圈。然後、然後……！」

「……喂，芽芽。」

「什麼？什麼?!」

「妳怎麼……在哭……？」

芽芽吱吱喳喳地朗聲喋喋不休，但同時，她的雙眼滴答滴答滴答地不斷滾下淚珠。

「奇怪了？為什麼呢？我明明很高興，並不難過啊……？」

「……」

芽芽頻頻用手背抹去接二連三滑落的淚水，始終帶著傻乎乎的笑容……望著她這副模樣，我忽然想起來了。

小時候，我討厭動不動就哭的芽芽。但是，並不是因為覺得她是愛哭鬼很煩……而是因為芽芽每次哭泣都不是為了自己，而是為了其他人。

感覺就像自己惹哭了她一樣，我一定是無法忍受這點吧。

夜晚變得深沉。

我躺在沙發上，注視著床上芽芽緩緩上下起伏的肚子。非常溫柔的時光。

自從……芽芽消失了的那天起，我的心就一直蜷縮著。幾乎遺忘了自己喜歡什麼，或是覺得什麼有趣之類單純的情感。

嘴上說要實現芽芽的心願，但其實……芽芽已經為我實現了我一直懷抱著的願望。

想要再見到芽芽，那天這麼哭喊著的願望。

就在這種已經是理所當然的溫柔氛圍中，芽芽為我實現了這個願望。

「嘶……嘶……」

今晚已經聽不見最近震天價響的夏季末蟲鳴聲，只有芽芽的呼吸聲在黑夜中迴盪。

睡著的芽芽睫毛很長，我情不自禁心想，要是這段時光能永遠持續下去就好了，但是……

「……必須回報她才行呢。」

為了實現我心願的芽芽，為了總是為他人哭泣的芽芽。

願望的代價

「嗯，哎……粗估也要二十萬吧。」

波波打工地方的上司兼煙火師大叔，用粗短的手指捻熄香菸說。

「二、二十萬……」

「喂喂，大叔！算我們便宜一點吧！」

「這個價格已經算得很便宜了。」

「嗚……」

來到大叔家的我和波波，站在玄關前頭面面相覷。神秘的工作道具直接曝晒在中庭裡，大叔家的貓前腳踩著蚱蜢。

「唔……多打點工的話也許籌得到吧。」

「啊，波波，我也打工吧……」

我才說到一半，大叔就開口打斷我。

「你是高中生吧？」

「咦？啊……但我並沒有去……啊，我是高中生沒錯。」

「那就需要打工許可證。」

「打工許可證？」

「之前我們讓小鬼進入工地，結果他卻惹了麻煩。在那之後，我們的工地如果沒有高中的許可證就很難辦事。」

需要許可證……也就是說……

「我必須去學校一趟拿許可證……」

波波目不轉睛地望著不由自主嘟噥的我。

「仁太，沒關係啦！錢的事包在我身上就好了！」

回程路上有自動販賣機，波波沒有理由地就買了咖啡請我。

去學校拿打工許可證。為什麼這麼簡單的事情，卻這麼強烈地拉扯住我的雙腳？為什麼這麼簡單的事情，我卻……

「仁太是領袖啊，你就大搖大擺地坐鎮在最後面吧！喏？」

「……」

「而且只有仁太看得見芽芽啊！你要好好地安撫芽芽的心情，這種事情可是超級重要……哦，對了，也聯絡安鳴他們吧！」

波波掏出手機，打電話給安城……橫看豎看這都是在顧慮我吧。

「搞什麼，安鳴那傢伙竟然不接電話。」

「現在還在學校上課吧？」

「啊，對喔。那我傳訊息給雪集他們吧！」

當年不中用的波波居然這般照顧我，我也太窩囊了吧……

天空還是很高。

我在十字路口與下午要去打工的波波分道揚鑣。天氣依然熱死人，但吹來的風中隱約有些涼爽的青草味，飄浮在藍天上的巨大雲朵已經有了秋天的形狀。

「……」

不過是一點小事，卻顯得無比艱難的現狀。

但是，芽芽回到這裡，絕對不是一點小事。

*

隔天早上，我想這就是所謂的打鐵趁熱。

刷完牙洗了臉，這一陣子都形式上裝作要去上學的樣子，正準備要出門時，芽芽對我說了奇妙的話。

「仁太，對不起喔。」

「幹嘛道歉？」

「呃，因為道歉不用錢！」

「……因為不用錢，沒事也先道歉嗎？」

「嗯，就是這樣喔！」

為什麼芽芽要向我道歉？果然她注意到了我在思索打工和學校這些事情時的神情嗎？

我恍惚出神地想著這些事，然後走著走著，猛然回神時，發現走的這條路通往學校。

「呀哈哈……！」

高亢的笑聲，穿著制服的學生們走過我身旁。明明我的步伐跨得相當大，他們卻一個個追過我。

不要在意，要一鼓作氣，然後保持平常心。一旦胡思亂想，就去不成學校了。

如果無法去學校，就不能打工……也不能讓芽芽成佛了。

「仁太最近的生活……♪」

為了振奮自己，我小聲在口中唱著。

竭盡所能維持的平常心發揮了出色的成果，我竟然走到了校舍的出入口，闊別已久地聞到鞋底橡膠悶熟了般的味道。

「嗚哇，真的假的？」

「居然還敢一臉若無其事地來學校。」

話聲傳進耳中。

聞言，我的平常心不禁動搖起來。話又說回來，我平常都是什麼樣子？總之，繼續盯著地面吧。要是跟他們眼神對上，這天肯定就……

「就是她吧？一年三班的……」

「對對，安城鳴子！」

「?!」

聽到安城的名字，我忍不住抬起視線低垂著的頭。

「！」

走廊前方，是一臉不悅地走在老師身後的安城。眼神與我交會的那一瞬間，安城立即露出了泫然欲泣的表情，然後別開目光。

學生們的閒言閒語逐一疊在與老師一同離開的安城背影上。但是，也因為場景是在走廊上，聲音有些形成回音，聽來只像是七嘴八舌的聲音綜合體。

這是怎麼回事……？

我很快就知道了大家流言蜚語的內容，因為教室裡大家聊的話題都是安城。

由於忘了自己的座位在哪裡，我問了附近一個看起來不太起眼的傢伙，他就告訴我：「那個座位空著。」似乎對我沒有太大的興趣。

不過，教室內仍有眼尖的女生留意到我的存在，問道：「咦？他是誰啊？」但是，她的注意力沒有持續太久。比起觀賞相隔許久才來學校的稀有人種，平常都在學校的傢伙做出的稀有舉動看來更吸引人。

安城做出的事情就是……

「嗚子太不小心了啦。不過是去愛情賓館，又沒什麼大不了。」

「聽說是被家長教師會的人看到，對象還是個大叔喔。」

「援交嗎～?!」

和安城感情很好，看來像塊叉燒肉的女人們跟剛才的我一樣，動作偷偷摸摸。

我大致可以想像到發生了什麼事。可是……可以想像跟相不相信是兩回事。

安城怎麼可能去愛情賓館。呃，如果是現在的安城，看她的外表，就算做出那種事也不奇怪，但是……

就在這時，門喀啦一聲打開。

「好了，都回位子坐下吧～……」

好久沒見到這位看來很軟弱的班導了。安城站在他後面，挑釁意味十足的目光望向半空中。

學生們的視線不約而同地望向她。當然，我的視線也是。

「呃，開始上課吧。安城也回座吧～……」

安城儼然像摩西一樣，劃開好奇目光形成的大海之後走來。明明這種情況本該是我要經歷的舞台。

安城在我後面的位置坐下。嗯，記得座位就是這樣。安城旁邊的叉燒豬女立即輕探出身子，親暱地向她攀談。

小聲傳來的那句話是——

「鳴子，運氣真不好呢。」

「……」

安城對叉燒肉的話置若罔聞，叉燒肉尷尬地坐回位置上。安城的賓館事件跟她有什麼關係吧。

「好，請翻開教科書～……」

在老師懶洋洋的聲音中，大家慢吞吞地開始上課。

早已沒有半個人在注意我。他們無視於軟弱無用的老師，頻頻偷瞄安城。在閒言閒語的聲音凝聚體中，不時交雜著「賓館」和「真色」等淺顯易懂的詞彙。甚至有聲音下流地說：「如果我拜託她，搞不好她會讓我上。」還有隱忍的笑聲……

太過分了。

原本是我會承受這些折磨。甚至偶爾聽到有人說「家裡蹲」和「真難得」，我還莫名雀躍地想手舞足蹈。

背後傳來用自動鉛筆寫字的聲音——是安城。

這種時候這傢伙還在寫筆記？即使外表變成了那樣，她還是老樣子一本正經。

安城真的打從以前就不聰明，明明每次都比任何人整齊地做筆記，一到考試分數卻很低。但是，她還是沒有放棄認真地做筆記，總是全力以赴，一板一眼地用密密麻麻的小字……

「……」

我忍不住往後偷瞄，因為擔心安城……不，更可能是因為我久違地想看看「安城的筆記」吧。

我自己也不是很明白，總之就是這麼做了。於是，安城的筆記本躍入眼簾，但半點一絲不苟的樣子也沒有，上頭寫著大小跟位置都隨興不一的雜亂文字。

寫下的文字是：「我才沒有」、「才不是」、「別胡說八道」、「永遠閉嘴吧，去死」，然後，寫在角落的小小文字是——

「救我」。

「！」

安城一邊盡可能假裝滿不在乎，一邊不斷地用自動鉛筆書寫著。寫字聲聽來已經等同是她的哭聲。

「呀哈哈……！」

某處傳來的粗鄙笑聲讓安城的肩膀往上彈了一下。但是，我也一樣往上彈起——碰！

「咦……？」

回過神時，我已經站起來了，還用力張開雙手，向班上的所有人宣告：

「你們……都看著我啊！」

「仁……仁太……？」

「看著我啊！我可是久久才來學校一趟的男生，打從開學以來，只在開學典禮和第一週出現過……怎麼樣？我這張臉很稀奇吧！」

班導顯然總算察覺到我的存在，慌忙察看點名簿。

「咦……你？呃，是宿海同學嗎……？」

在七嘴八舌的話語聲中，開始夾雜了「那傢伙搞什麼？」「是叫宿海的傢伙吧？」的聲音，眾多目光都集中在我身上。

沒錯，這些視線全是屬於我的！我才不會這麼輕易地拱手讓人！滿懷著這樣的想法，我猛然用手指向安城。

「你們隨時隨地想見就能見到這傢伙吧！愛情賓館？有必要為了這點小事就大驚小怪嗎？這傢伙橫看豎看，都長著一張去過一、兩間賓館的賓館臉吧！」

「賓、賓館臉?!喂……」

「但是！」

「?!」

已經停不下來了。感覺到耳朵發紅變熱，我順勢將熱氣加諸在話語上。

「我事先聲明清楚，這傢伙絕對不會援交！因為這傢伙是A型處女座，又戴眼鏡！是個跟冒險完全無緣的超級正經、超級無聊的眼鏡女，她的眼鏡……唔！」

「不要多嘴啦！」

安城急忙從背後扣住我的雙臂。

直到此刻我才發現，集中在我身上的好奇目光與七嘴八舌徹底消失了，換成了一張張錯愕地半張著嘴的臉龐。

「呃，那個……」

「啊……宿、宿海，走吧！」

「安城……喂、喂！」

安城拉著我的手臂，速度快得幾乎要跌倒地跑出教室。沒有任何人來追我們，只有班導慢吞吞的聲音傳來。

「等、等……等一下～……」

班導正勉為其難地「假裝」叫住我們。

＊

「啊哈哈哈哈……！」

鳴子笑得停不下來。身旁臭著臉的仁太噘起嘴唇，看起來跟小時候鬧彆扭的樣子一模一樣，讓她更是笑得無法遏止。

「什麼叫看著我嘛！怎麼看都是變態！」

「少、少囉嗦！」

兩人坐在公園的涼亭裡。這個時間小學還沒有下課，空空蕩蕩的公園裡頭只有他們兩人，包括晴朗的藍天在內，這裡感覺就像自己的「容身之處」，鳴子繼續哈哈大笑。

「啊哈……呼！我笑得肚子好痛！」她用食指抹去流下來的淚水。今早起胃部一帶一直很悶，但累積在裡頭的鬱悶心情，好像隨著笑聲一鼓作氣都吐了出去。

「……不過，謝謝你。」

「咦……」

「你袒護了我吧。」

「安城……」

「啊……可是！我才沒有賓館臉呢！我真的沒有去賓館，我從來沒進去過！」

「是是，知道了啦。」

「『是是』是什麼意思嘛！」

不知不覺間，形勢顛倒過來。但是，鳴子覺得很輕鬆自在。公園角落裡掛著球類遊戲用的球網。能夠與一直保有距離的仁太互相你一言我一語……夏季晴空下，用言語玩的傳接球遊戲。

仁太的變化——正確地說，是仁太變回「以前的仁太」……

（是因為芽芽回來的關係。）

始終壓在鳴子胸口的那份情感——

（如果那天……我沒有說出那種話，說不定芽芽就……）

正因為這樣，她才不敢面對芽芽。但是，如果芽芽真的回來了，繼續別開眼不去正視，「又」會將芽衣子推得遠遠的吧。

鳴子的書包裡，放著她從秘密基地帶回家的交換日記。

「欸……」

「嗯？」

「我可以去宿海家嗎？順便約大家一起去。」

仁太瞬間露出不知所措的表情，但下一秒，臉上浮現的是再自然不過的笑容。

「嗯……謝啦。」

謝啦，具有溫暖音色的兩個字。明明她沒有做半點值得被感謝的事情。

她無法原諒說了那種話的自己，無法原諒——過去喜歡仁太的自己。所以，也許她一直是存心用會被仁太討厭的風格在改變自己；也許是故意，讓自己絕對沒有機會聽到這種溫柔的字句。

但是，她不想再逃避了。為了芽衣子，為了仁太……也為了自己。

＊

「安鳴——！」

芽芽一個箭步撲向安城。

安城的身體有些搖晃，表情也跟著略微僵硬。

「哇啊啊！安鳴的屁股，女人的屁股，變大了呢！」

「哈哈……她說妳屁股很大。」

「芽、芽芽！太過分了！」

安城脹紅了臉，作勢要打芽芽，頃刻間僵硬的表情消失無蹤。她舉起的手臂朝著截然不同的方向，但芽芽仍抱著頭興奮地哇哇大叫。

「對不起對不起嘛！」

「什麼啊……那 Gomenma 還好笑一點吧？」

「咦？宿海，Gomenma 是什麼？」

「咦？啊……」

「Gomenma？Gomenma 是什麼～？」

前陣子以失敗告終的 Gomenma，被正經八百的安城救了回來。但我並不覺得得救了。

「啊……呃，是類似對不起（Gomen）的變形，只有在向芽芽（Menma）……道歉的時候有效之類的……」

「啊哈哈！這算什麼啊，一點也不好笑！」

「不好笑ＹＯ！」

「不好笑就別笑啦！」

我們在對話著。

真不敢相信安城看不見芽芽。我們感受著不可思議的舒服氛圍，這時對講機的門鈴聲響了起來。

「芽芽太失策了，早知道就先做好蒸蛋糕！」

夏天也沒有打開電源，當作矮飯桌使用的挖空式暖爐桌三個邊旁，緊挨著松雪、鶴見和安城……我在意著現場流竄的無言氣氛，芽芽拉起我的手走到廚房。

「咦咦咦！那我記得有不二家的 Countryma'am 巧克力餅乾，可以拿那個給大家吃嗎？畢竟他們是客人！」

「是是……隨妳高興吧。」

廚房的櫥櫃位在松雪他們的可見範圍內，芽芽毫不遲疑地將它打開，從中拿出餅乾盒。

「！」

「……啊！」

我也終於察覺到了身後的氣氛變化。

……徹底忘了。

芽芽觸碰某樣東西，那樣東西浮了起來——繼夜空中的8煙火之後，這時他們才又再次親眼目睹到這種靈異現象。

「來來來，請吃巧克力餅乾——！」

芽芽開朗地招呼大家，拿著餅乾盒走進起居室。我看得見芽芽，所以在我眼中是很正常的畫面。但是，如果是看不見芽芽的人，這根本是逼真的鬼屋機關吧。

「啊……」

我頭一次看到鶴見動搖無措的表情。不過，安城大概是已經累積了剛才的實際對話經驗，還露出了淡淡的笑容。

「我喜歡不二家的巧克力餅乾，烤過很好吃喔。」

「烤過嗎！仁太，快烤快烤！」
「別吵，直接吃吧。」
「什……我又沒有拜託你！」
「啊，我剛才是對芽芽說……」
於是，一直默默注視著餅乾盒的松雪低聲問了：
「芽芽……在這裡嗎？」
「咦？啊……嗯。」
「雪集，我在這裡唷！這裡、這裡！」
「喂、喂，芽芽……！」
芽芽伸手撥弄松雪的頭髮。
「你、你的頭髮……」
鶴見忍不住驚叫出聲。彷彿開了空氣乾燥機般，松雪的頭髮逕自搖晃起來。
「芽芽！喂，過來這邊。」
我慌忙地拉過芽芽的手臂。

「芽芽……還是長頭髮嗎？」

「嗯？嗯，還有……這傢伙長大到跟我們一樣大了喔。」

「！」

氣氛又出現變化，大家的視線聚集在我身上。

「她長大了？這是怎麼回事……？」

「對吧～這是為什麼呢～？」

鶴見與安城露出了只能說是困惑的表情，但松雪的眼神變得更是銳利，用低沉的嗓音問：

「……漂亮嗎？」

「什……?!」

對這始料未及的問話，我的臉頰霎時發燙。

「松雪！你……你在說什麼啊！這……！」

我正想說下去時，目光卻觸及芽芽的臉龐。

看到芽芽圓滾滾的大眼睛……一幕影像掠過腦海。

那天，聽到「你喜歡芽芽嗎？」這個問題，我不經思索地就對芽芽說出了那句話。

「誰會喜歡這種醜八怪啊！」

一直糾纏著我，教人反覆後悔的一句話……

「宿海……？」

回神之際，大家的目光又集中在我身上。

我難為情得不敢再次看向芽芽，刻意面朝其他方向，嘀嘀咕咕地悶聲說：

「……還、還不錯啦，普通漂亮……比較偏向可愛吧。」

芽芽立即緊緊扣住我的脖子。

「嗯嗯嗯？普通是什麼意思啊！」

「妳、妳管我……啊！」

這時有如神助般，手機震動了起來。

「等、等一下！有人傳訊息……」

「訊息？」安城也往前傾身。「啊，是久川嗎？他說快到了嗎？」

「啊……搞什麼，他說無法從打工中脫身。」

「咦～虧我好想見到波波！」

波波寄來的訊息附了檔案。我點開後，除了「我對芽芽的愛」這串文字外，還有波波嘟起嘴巴作勢親人，讓人非常反胃的親吻照片。

「這什麼啊……」

「呀哈哈哈！波波好像迷唇姊喔！」

望著芽芽開心的側臉，我險些忘了身處在這種狀況下的緊張感，但松雪冷冷地說：「那讓芽芽回信吧？」我立刻又開始緊張。

「讓芽芽回信……？」

「嗯。既然她能做蒸蛋糕，應該也可以回覆手機訊息吧？」

「咦？可是……」

芽芽的雙眼頓時發亮，從我手中搶過手機。

「對耶！借我借我……呃，要這麼打字對吧？」

芽芽有樣學樣地開始按起螢幕……但是，果然毫無反應。

「……啊。」

「好像不行……」

「欸，芽芽能不能寫字呢？像是筆談。」

「嗯，雖然她試過了……」

沒錯，芽芽是可以做到一些事情，例如扭開浴室的水龍頭、煮飯，但是……一旦想將情感化作某種形式留下來，就只會徒然地從表面滑過。

「哼……真是不合邏輯的邏輯。」

松雪露骨地擺出懷疑的態度。

「……你什麼意思？」

「這樣子很奇怪吧？可以拿筆，卻不能寫字。」

「啊？你的意思是芽芽在說謊嗎？」

松雪充滿奚落的語氣讓我不由得提高音量，他卻行若無事地回道：

「我的意思是你在撒謊吧？」
「什麼……」
「雪集！仁太才不會說謊呢！」
「慢、慢著！你們兩個都等一下……啊，對了！我帶來了交換日記……喏，芽芽妳看！」
安城盡其所能想轉換現場劍拔弩張的氣氛，從書包裡掏出日記本。芽芽湊巧就在安城遞出日記本的那個位置上。
但是——芽芽就這麼僵住不動。
「這是……從媽媽那裡拿來的嗎？」
「啊！不，呃……」
發現我吞吞吐吐，安城也臉色一變。
芽芽似乎非常顧慮自己的父母親，她沒有在身邊的時候，我就很容易忽略這件事。但是，親眼見過芽芽母親散發出的氣息，安城大概也察覺到立即拿出日記給芽芽看這項行為「做錯了」吧。她連忙想將日記收回書包裡，這麼說道：

「那、那個，抱歉……果然還是……」
「安嗚，給我看吧！」
芽芽一把搶過日記。
「啊……」
芽芽翻起日記，每一頁都聚精會神地觀看……安城、松雪以及鶴見，都目不轉睛地凝視著她的動作。
「芽、芽芽……」
「啊，這裡『大家好』寫成『大家好』了！錯字錯字！」
芽芽開朗地說，順手拿起附在日記本上的小筆。
「咦……喂！芽芽，住手……！」
明知道無法留下字跡，芽芽仍拿起了筆，然後提筆滑過紙面……
「！」
我大吃一驚，筆非常順暢地在紙上留下了文字。
「大家好」

「芽芽……」

芽芽也眨了好幾次眼睛。她應該比我驚訝許多，但是馬上就露出了像在說「這沒什麼大不了」的笑容。

「嘿嘿，這樣子就寫對了！」

「……」

此外，比我和芽芽還要吃驚的就是松雪他們。

「這是……芽芽的字呢。」

安城靜靜定睛望著「大家好」，眼眶滾出淚水。

「是呀……」

鶴見的聲音有些飄忽不定，情感與話聲沒有順利連結在一起。

反之，松雪他……

「芽芽，妳過得好嗎？……這樣問還真奇怪。」

「嗯！唔……」

芽芽寫下的文字是「芽芽過得很好」。松雪凝視著那串文字，瞳孔深處好像出現些許波動。然後他抬起頭，扭曲的嘴角有點難以稱作是笑容，我彷彿還聽見了他咕嚕地吞下口水的聲音。

「那麼……要不要再開始寫交換日記？」

「咦……」

*

時序進入九月以後，第一次在黃昏時分感到有些寒冷。

集、知利子和鳴子離開宿海家後，並肩走著踏上歸途。

「芽芽聽到要交換日記，非常開心呢……」

鳴子望著自己的影子低喃。

集提議後，日記上那一頁就被「哇——！」的文字填滿，最後還畫了兩個形似熱狗麵包的圖案，芽衣子還鄭重註明「這是V」。

「能在交換日記上寫字，究竟是為什麼呢……代表在她釋放過意念的東西上就能寫字嗎？」

「啊，可能喔！」

集只是靜靜聽著知利子與鳴子的對話，這時蹙起眉頭。

（這種蠢事誰會相信啊。）

芽衣子用附在日記本上的筆寫下了文字。那麼，有可能是仁太在家裡的筆動了手腳。例如讓筆寫不出墨水之類，方法多得是。

（那傢伙不想讓我們與芽芽溝通。）

集認為這才是最正常的心態。一切都只是因為仁太意圖獨占芽衣子。

「這下子……就能和芽芽心靈相通了呢。」

「心靈相通？」

集忍不住瞪向鳴子。

「只靠文字怎麼可能明白對方的心情，想寫什麼都可以。」

「松雪。」

「不然就提問吧？像是『對於芽芽死了以後，照樣順利長大成人的我們，妳能原諒我們嗎？』」

「！」

嗚子的肩膀大幅度地抖動，知利子插嘴說了：

「夠了，松雪……」

「芽芽會說『我完全不介意』吧，因為她就是這樣的人……但是，那她為什麼回來？因為沒有原諒我們，為了責備我們而出現，這才是最簡單的答案吧？」

「那、那麼！為什麼她只出現在宿海面前呢?!」

「……」

集不禁閉起嘴巴。

芽衣子再度出現，這件事已經不容置疑。

他一直思念著芽衣子。就算只是作夢夢見她，對集來說那就成了特別的一天。

他始終期盼著，哪怕是幽靈也好，回到這個世界來吧。明明這個願望實現了，他應該要高興……但是，能夠碰得到芽衣子的人，竟然只有仁太。

「與其被人搶走，我寧願將你摧毀」

從前流行歌曲裡隱含的心情，此刻他好像懂了。

「安城，打工賺的錢好好存下來吧。」

「咦？」

「我也會想辦法籌到錢。」

「但你們學校不是禁止打工……」

「我會想盡辦法……做出煙火，絕對……」

集抬起陰鬱的雙眼。

「我絕對要讓芽芽成佛。」

潛藏在他這句話背後的強烈情感，讓知利子與鳴子都啞然失聲。

（芽芽……如果能夠實現妳的心願，應該沒關係吧……？）

他要讓芽衣子成佛，離開仁太身邊。這也是為了芽衣子好，完全沒有問題。

集欺騙著自己，一而再再而三地在心裡重複著。

若不這麼做，整個人彷彿就要分崩離析。

製作煙火吧

我騎著淑女腳踏車前往打工地點。

發生了安城賓館事件的隔天，我也去了學校一趟。因為徹底忘了要拿打工許可證。

都已經丟了那麼大的臉，去學校不過是小事一樁……再說我發現到，如果只是要拿許可證，根本不必特地跑到教室。我實在太粗心了。

我在走廊上遇到了安城。對於發生了那種事情仍能來上學的她，我不帶一絲挖苦地心想著「她真偉大」，實際上也這麼對她說了。

安城羞紅了臉，回我：「你如果真那麼想，就來上課啦！」……嗯，但這跟那是兩碼子事。

只要拿到打工許可證，接下來就簡單了。

我們的上司，就是先前那位煙火師大叔。他非常隨意地說了：「只要有許可證，什麼時候過來都不要緊。」也因此儘管我是高中生，白天也能夠打工。

畢竟需要應有的「證明」吧，所有事物只有開端像儀式般非常重要……此外就是意想不到的自由。我有這種體悟。

「各位辛苦了！」

「噢，新人，今天也麻煩你了。」

工作內容非常簡單，就是用手推車運走大叔們以挖土機挖出的土。

簡單歸簡單，但屬於重度的勞力工作。對於這陣子以來一直過著吃飽就睡這種生活的身體來說非常吃力。但是，吃力的只有身體，心情上動動身體還輕鬆得多。

我沒有向芽芽坦白說出打工的事情。

我直接穿著便服，不再假裝要出門上學，但芽芽什麼也沒有對我說。關於超和平 Busters 的製作煙火計畫，我回答她：「現在正在多方面調查。」她也就沒有追根究柢。

這也是多虧了交換日記吧。

松雪的提議開始後已過了一週，交換日記順利地輪了一遍，又回到芽芽的手中。交給她寫著眾人日記的日記本後，芽芽就寶貝地抱在懷裡，竟然說道：「那個，我要一個人看！」特地跑上了二樓。

明明我也是一起寫交換日記的人，真不懂為什麼要這樣偷偷摸摸……

「嗚……哇！」

邊想事情邊做事後，手推車的車輪卡進了水溝。

「新來的，你的腰沒有用力！腰！」

「對不起！」

「要不要先休息一下？阿鐵好像也來了。」

我抬起頭，波波正在休息區跟其他大叔講話。阿鐵是波波在這處工地的外號，名字是鐵道，所以叫阿鐵。雖然我覺得波波也不錯，很有特色。

波波做這份打工很久了，不單是運土，也會拿起鐵鏟做些比較複雜的工作。

「嗨，仁太，做得怎麼樣？」

我用毛巾擦臉，走向波波。
「根本累到沒時間想……啊，對了，你之前寫的日記真糟糕耶。」
波波的日記裡，寫著他對於新買來的熟女類成人影片的感想。當然色情部分與人體的各部位名稱他都寫得很隱晦，芽芽應該沒有發現……安城也很遲鈍，可能安全過關了吧。
「你看嘛，我很久沒寫長長的文章了……才會心想，要朝著這種像讀書心得的風格下手！」
既然如此，那就租點正常的電影啊……
「算了。還有，芽芽很想見你喔。」
「咦？嗯……」
自從上週在我家召開「重啟交換日記大會」後，大家沒有再聚在一起過，雖然是因為各自都忙著籌措金錢……但芽芽心領神會地說：「高中生在各方面都很辛苦呢。」
不過，上週波波缺席。

「而且提議要實現芽芽心願的人，就是你吧？第一個相信芽芽存在的人也是你……」

「嘿嘿，對啊。」

「那你為什麼保持距離？」

波波一瞬間臉龐僵硬……好像吧，但馬上又露出平常的傻笑。

「喂喂，仁太，你果然還是小孩子！因為有愛，就容易害羞啊！」

「是是。」

「而且這次的煙火製作計畫，我是得賺最多錢的人吧？爸爸會好好加油的！就是這種感覺……」

「是啊，你們可得多加努力。」

煙火師大叔抽著菸走來休息區。

「對了，明天我打算做放進竹筒裡的花，你們要來幫忙嗎？」

「咦？可以嗎？」

「嗯，那樣子我可以再算你們便宜一點。」

我和波波不由自主互相對看……

「好耶——！大叔我愛你……啾啾啾！」

「阿、阿鐵，你幹嘛，噁心死了！」

「你剛才不是說，因為有愛就容易害羞嗎！」

大叔拚命用手背擦拭被波波親到的臉頰。

「……那我要不要也帶芽芽過去，她會很開心吧。」

「咦……芽芽也要來嗎？」

「怎麼，不行嗎？」

「啊，不……這種事情應該要當作驚喜，酷炫地展示……」

「可是，我們已經告訴她要做煙火了。」

「啊～……哦，也是啦。」

波波難得的支吾其詞讓我很在意，表情也有些陰沉。他有什麼煩惱嗎？我正想這麼問他時——

「好了，休息結束！回到工作崗位上吧！」

大叔響亮的拍手聲，讓一切都變得模糊。

＊

有人在搖晃我的身體。雖然小心翼翼，但搖動幅度又很大，如同搖籃一樣。

「嗯……怎麼了嗎？芽……哇！」

睜開雙眼，一張臉龐近在眼前，而且不是芽芽……是個大叔。

「仁太，早安。」

打扮略微比平常正式一點的老爸朝我展露笑容……不過老爸基本上只穿T恤，今天也穿著T恤。是有著動物圖案，他說自己很中意的那件。

「你怎麼在沙發上睡？」

「有、有什麼關係……那你有什麼事？怎麼一大早……」

「今天是塔子的……」

「啊……」

我反射性地看向床鋪，芽芽還在睡覺。我們交談得這麼忘我，她似乎完全沒有發現。時間是八點，會合約在中午過後，還有時間。

這麼做也許沒有意義，但我仍是盡可能不發出聲響地起身離開沙發。

「嗯……等我一下。」

公墓位在上山後不遠的地方。

成千上百的墓碑星羅棋布在廣大的占地上，依照墓碑的大小劃分區隔，老媽的墓落在墓碑都相當巨大的區塊裡。老爸這傢伙是豁出去買下來的吧……明明還只有老媽住進這裡。墓碑上刻著的「宿海塔子」一行字顯得有些寂寥。

老爸拿著抹布細心地擦拭墓碑。我抽出花瓶裡乾枯的花朵，放進帶來的嶄新鮮花，然後添水。不再上學以後已經很久沒來了，但國中之前，我經常和老爸兩人來為老媽掃墓。

「我這邊弄好了，老爸……？」

老爸繼續擦著墓碑。瘦骨嶙峋的背影看起來好像縮小了，但可能是我的錯覺。

即使我不去學校，老爸一句怨言也沒有……起先我還以為他是對我死心了。但是，一點小事他都會顧慮我，而且還小心著不被我發現他的顧慮。那份溫柔偶爾也會讓我備感壓力，但是……

我想起了芽芽的母親。

在空蕩蕩的房間裡，只為了不想起芽芽、不被芽芽束縛住，將所有的回憶全封進小小的紙箱裡。縱然做到了那種地步，從旁看了也能知道……阿姨還沒能夠忘記芽芽。

世上沒有不重視孩子的父母。這是曾在某處聽過的陳腔濫調，我認為這種事情不能一概而論。可是，至少芽芽的母親，以及我老爸……

「那個……對不起。」

脫口說完後，我對自己感到錯愕。我幹嘛突然道歉啊……?!

「咦，對不起什麼？」

老爸擦著墓碑回過頭來。我無法順利說出下一句話，正覺得不知所措，老爸就說了：

「啊，如果是指打工，那你不用擔心。」

「……你知道嗎？」

我沒有告訴老爸我在打工。因為明明我也沒有去上學，這讓我有些抗拒。見到我很吃驚，老爸更是慌了起來。

「咦？騙人，不然是什麼？啊，要做煙火這件事嗎？咦，什麼什麼？」

「你為什麼連煙火這件事都知道?!」

「因為我認識煙火師傅真先生啊……啊，呃……」

我只能目瞪口呆地望著緊張不已的老爸。

我還以為自己是默默地做著這一切，還以為跟老爸沒有關係，是自己踏進去的全新世界。然而，老爸根本就知道，還始終保持沉默……

「……你什麼都知道耶。」

老爸忽然揚起微笑。

「我什麼都不知道喔。」

「咦？」

「因為，我不知道仁太是為了什麼在道歉啊。」

「……」

老爸……

「那麼，是什麼事？」

「咦……呃，就是……」

「啊，花插好了嗎？那你點燃線香吧。」

「啊……嗯。」

我從地上的紙袋裡拿出一束線香，同時不由自主地苦笑。

父母……真教人沒轍耶。

*

「仁太，快跑快跑！」

芽芽拉著我的手，在往靈場的小路上奔跑著。是個從我家走下坡道就能抵達，連住持也沒有的小寺院。小時候懶得一路走到秘密基地時，我們就在這裡玩耍。

「真是的！我醒來的時候你就已經出門了！」

「對不起啦……」

「啊，來了來了。仁太，你好慢！」

來到靈場旁的空地後，大家已經聚在一起開始做事。一看見波波，芽芽的雙眼亮了起來。

「哇啊，是波波！」

然後跑向波波，一把抱住他。

「嗨、嗨，芽芽，妳還好嗎？吃過飯了嗎？」

「嗯，吃了唷！喏，仁太，快幫我說！」

「什麼幫妳說……妳把日記本帶來不就好了嗎？」

現在正巧輪到我，日記放在房裡。

「不——行！那是大家的日記本，只能寫日記！」

「……妳之前也寫了『哇』跟『V』吧？」
「那是測試，所以沒關係！」
我和芽芽一來一往時，松雪看也不看這邊地沉聲說：
「喂，快點做事，人手不夠。」
「啊，抱歉……」
「雪集，對不起唷！」
我本想過要不要向松雪轉達芽芽的道歉，最終還是算了。因為總覺得……那會惹得松雪不高興。

在煙火師大叔的指導下，我們參與了與火藥無關的事前準備工作。比如劈開巨大的竹子、削平竹節等，很多步驟單調乏味，但也有意想不到的體力活。
「好厲害、好厲害！好厲害喔——！」
芽芽激動地在大家四周東奔西跑。
忽然感覺有風吹過時，大家都會問：「咦？剛才芽芽來過嗎？」這種情況沒來由地，顯得很輕鬆自在。

好像還要剪布放進竹筒裡，當煙火綻放時，這些布條就會在空中翩翩飛舞。安城與鶴見兩名女生負責這項工作。芽芽也吵著說：「我也想做！」我就拿了一點布讓她剪。

「啊，芽芽，那是什麼？奶油麵包嗎？」

「才不是呢！這是花唷，花！」

芽芽將布剪成花的形狀後，顯得心滿意足。安城形容那是奶油麵包，但在我看來像是阿米巴變形蟲。

大概是厭倦了這項工作，芽芽跑向波波。

「嘿嘿……波波，做好了嗎？」

「嗚哇?!」

「她現在跳到你的背上了。」

「真的假的？芽芽同學，饒了我吧……嗚、嗚哦！」

「波波波波，前進出發——！噗噗——！」

「她叫你前進出發。」

「咦？好、好吧……我知道了。芽芽，抓緊我這輛特快列車吧！」

「呀──！」

波波往前疾衝，芽芽在他的背上踢著雙腳。出現在我的面前以後，芽芽露出了目前為止最開心的表情。

真是有些不敢置信。這麼幸福的時光，有芽芽在的這種幸福時光──竟然是為了讓芽芽成佛……為了再度與芽芽分離而存在。

「……」

我瞇起雙眼，目光追逐著跟著波波一下子跑遠一下子又跑回來的芽芽。

每當看見芽芽的笑臉……芽芽的房間景象就會從眼前閃過。

芽芽的母親帶我們走進去的空曠房間。現在芽芽就在我們身邊，但是卻不在那裡……明明那是芽芽的房間，主人卻一直都不在。不過，裡頭沒有半點灰塵。

芽芽的母親現在仍打掃著失去了主人的房間吧……

「宿海，你那邊做好了嗎？」

正好這時安城出聲向我說話，蹲著工作的我站起身，確定一旁的松雪及鶴見也能聽見以後，開口說了：

「方便聽我說一下嗎？」

有件事我想趁芽芽不在的時候和大家商量，之後也會寄訊息給波波。

「宿海，怎麼了嗎？」

「我想問你們，煙火這件事……要不要也通知芽芽的母親？」

「咦……？」

*

星期一放學後……但其實跟我及波波沒有關係。芽芽以外的所有超和平 Busters 成員，在車站前會合。

「這種事情……真的有必要嗎？」

松雪語帶責備地問。

「嗯，一定吧……大概。」

芽芽的母親把交換日記借給了我們。喪禮的時候，她表現出露骨的憎恨，內心應該是百感交集吧……但是，她還是借給了我們。

芽芽不想見到母親，當然，也不想告訴她現在自己就在這世界上。一切都是因為不想讓母親更加悲傷。

可是，真的是這樣子嗎？

縱然無法交談，單是待在身邊，共享同樣的空氣……也許有些心意就能相通。如果要藉由放煙火讓芽芽成佛，更是有可能的吧。

「歡迎你們來。」

在芽芽家的玄關，芽芽的母親笑容可掬地前來迎接神情緊張的我們。

「哎呀，鐵道……還有集跟知利子吧？大家都來了呢。我好高興，進來吧。」

像在引導我們似的，芽芽的母親率先走進屋內。

「早知道她會這麼高興……就該早點來哪。」

「嗯……」

她……很高興嗎？可能因為芽芽的母親是混血兒的緣故……她淺色的瞳孔看起來有如玻璃珠，完全看不出情緒波動。

「火箭筒煙火？」

我們坐在沙發上，芽芽的母親端出紅茶款待。茶點似乎是她親手做的，是加了橘子皮的餅乾，跟老媽做的蒸蛋糕完全是不同等級。不過，吃了之後格外鬆軟，幾乎感覺不到味道。

「是、是的。」

「這個想法真有趣，很棒啊。可是，怎麼會突然……」

「其、其實是，小時候我們說好要跟芽芽一起製作煙火！」

「……這樣啊，是芽衣子……」

「那個，如果要放煙火……我想芽衣子也會很開心，要是不嫌棄，希望阿姨……全家人也能過來觀賞。」

「你們真的感情很好呢。」

我們不禁面面相覷。

「呃，也不到感情很好的地步啦。」

「芽衣子很羨慕你們吧……她被你們排擠了。」

「咦？」

這時，我們終於才發現——芽芽的母親一直將端來紅茶的盤子抱在胸前，那個盤子正在微微抖動。

「嘴上說芽衣子會很開心……到頭來是你們自己樂在其中吧？不過是拿芽衣子當作藉口……」

「阿、阿姨……？」

「明明芽衣子……已經不在了，你們卻……什麼也沒有變——」

「呀……」

「為什麼……？」

芽芽的母親一把拉住鶴見的手臂。

「鶴見……！」

「那一天……芽衣子也是和你們一起玩耍吧?!」

芽芽的母親拉著鶴見的手臂連連搖晃。鶴見大概是驚慌失措，任由她搖晃自己，全身僵硬著動也不動。

芽芽母親瞪大的雙眼中，撲簌簌地不斷溢出淚水……

「你們看了交換日記吧？裡頭的時間停止不動了！只有那孩子還跟以前一模一樣……可是！」

「啊……」

「為什麼你們卻都長大成人……明明大家一起寫了日記……為什麼！為什麼就只有芽衣子一個人……！」

芽芽母親散發出的驚人氣勢，讓我們全都變成了石頭，甚至忘了該保護鶴見……就在這時候——

「伊蓮娜，怎麼了……？」

「啊……」

房門打開，芽芽的父親走了進來。

「！」

芽芽的母親抬起滿是淚水的臉龐，捉著鶴見手臂的手無力地往下滑落。

「你們是芽衣子的……」

「不、不好意思！我們就此失陪了……走吧！」

安城朝臉色鐵青的鶴見伸出手，協助她站起來。

尷尬地向芽芽的父親點頭致意後，我們逃也似地離開芽芽家。跑出玄關後，芽芽母親的啜泣聲好一陣子依然在耳朵深處繚繞不去——

「鶴見同學……妳的手臂沒事吧？」

「……這沒什麼。」

我們來到了靈場。五個人負責的工作都已結束，大可以分頭行動，大家卻不由自主地朝著相同的方向前進。

「芽芽的媽媽……真是恐怖。」

「是啊……大概一直很恨我們吧……」

「有人這麼討厭自己……我可能還是生平第一次。」

安城的眼眶濕潤。我心想必須對她說話，必須安撫她才行，但是……我辦不到。我們都懷抱著同樣的罪惡感，可是——

「都是你的錯。」

松雪像要跨出這種「同伴意識」般，惡狠狠地瞪向我。

「我才不管你是不是正義感使然，但根本是一廂情願……你傷害了一直以來就很痛苦的阿姨，在她的傷口上撒鹽。」

「我是……」

松雪用挑釁的語氣繼續說道：

「仁太，你負責想想辦法吧。看得見芽芽的人只有你嘛。」

「喂，雪集！別說了……」

波波試圖勸阻，但松雪像是沒有聽見，又重複說了一次：「就只有你而已。」

說著這句話時，他的眼神與芽芽的母親有些相似。

「……我該走了，接下來有打工。」

為了逃離這裡，我竭力擠出聲音。

「宿海，你臉色好難看。」

「你明明一直是家裡蹲，一下子操勞過度了吧？」

「是啊，仁太，我可以跟你換班……」

「沒關係……反正我有時間，時薪還很低，才只有波波的一半而已……必須工作才行。」

「仁太！等等，我也跟你一起過去……！」

總之我先踏出步伐。沒錯，現在的我就算方向錯誤，也只能往前再往前……

＊

「真是的～日記又卡在仁太這裡了啦！」

看到丟在仁太桌上的交換日記，芽衣子氣憤不已。

「討厭、討厭、討厭、討厭——！」

連續說了好幾次討厭後，芽衣子隨即發現聲音聽來很像是「答答答」，覺得很有趣，興致高昂地重複了好幾次。「答答答——」她朝著日記本伸長手，翻開日記。裡頭的文字完成度比起兒時更高，但是，一樣是同一個人所寫，並排著超和平Busters每一個人的字跡。

芽衣子呵呵微笑，憐愛地慢慢撫過每一個字，再度看起已經看過好幾遍的每個人的日記。

「能夠和芽芽以及超和平Busters的成員一起行動，我很高興。絕對要大家一起讓煙火升空。」

集的日記在細細的文字上，注滿了真心誠意。

「關於煙火裡的布，我覺得不只紅色，也可以放黃色，在藍天上很顯眼。我想問問芽芽的意見。」

知利子的日記比起日記，更像是業務的聯絡事項。

「黃色不錯啊。今天晚餐我吃了餃子。我不討厭包餃子，但包上一百個實在很累！因為爸爸很愛吃。」

嗚子的日記最像日記，還畫了小圖案，非常可愛。另外，鐵道的日記是——

「我好想吃餃子。今天從早上起一直工作，應該可以睡得很好吧。為了幫助入眠，今晚我也挑了一部。年齡四十二歲，正是熟成的時候。跟著參加了丈夫的同學會後，一個人在東京觀光時，出現一輛可疑的車子……就是這一種。」

芽衣子看得一頭霧水。裡頭還有幾個比較難的單字，她佩服地心想：「波波好聰明喔。」可以看見不同於平常波波的可靠。

但是，其他人的日記是否「像他們本人」，這就不一定了。各自都依稀隱藏著自己真正的心思，尤其是雪集的日記……不過，芽衣子不懂這些事情。能與大家溝通，她只覺得非常高興，對交換日記復活一事開心不已。

（果然大家都變成了大人呢，好擅長寫文章。）

就在芽衣子感到佩服不已時，聽到了叮……咚的走調鈴聲。

有人在按對講機。是客人嗎？芽衣子悄悄從仁太房間的窗戶往外看。

「啊……是鶴子！」

她噠噠噠地跑下樓，打開拉門。如果對象是超和平 Busters，她現在都毫不遲疑地開門。

「……芽芽？」

「嗯！」

「我可以打擾一下嗎？」

「請進來吧！」

「我可以進去嗎？」

「請進請進～……啊。」

知利子站在玄關前不知所措，因為她聽不見芽衣子的聲音。

「啊！妳等我十秒鐘！」

芽衣子連忙跑上二樓，從房裡拿出日記和筆再跑回來，然後在以前試寫的頁面寫下「請進，恭候大駕」。

知利子的表情有些驚慌，但馬上渾身無力似地露出微笑。

「來來，請喝麥茶！啊，為了避免跟素麵的醬汁搞混，得先聞味道才行！嗅嗅……沒有問題！」

說著，芽衣子將冰涼的麥茶放在知利子面前。

「謝謝妳。」

然後，好一會兒兩人都沉默不語。

（鶴子是來見仁太的嗎？還是芽芽……如果是的話就太好了呢。）

芽衣子想在日記上寫字，但又有些猶豫。包括剛才的「恭候大駕」在內，為了向大家傳達想法，那一頁「只是寫了字」。

在並非專屬於芽衣子一人的日記本上，她不想再增加更多「無用」的頁面了。所以前陣子一起製作煙火時，她也沒有帶日記本去。

（呃……呃……）

她打算盡可能寫得小小的，在至今寫過字的頁面角落裡，用最小的文字量表達意思，遲疑著遲疑著，筆在日記本上來來回回了無數次。知利子看著這幕光景一會兒後，忽然低聲說：

「芽芽，筆可以借我一下嗎？」

「咦？啊，好的，請用——！」

芽衣子將筆遞給知利子，她在日記本的最後幾頁上方，寫下了「芽芽聊天專用區」。

「咦……？」

「芽芽如果有想說的話，以後就寫在這裡吧……還有，就算這是大家的交換日記，妳也不用客氣。」

「！」

知利子分明看不見芽衣子，卻說得彷彿完全看穿了她的心思。

「所以……就算日記本寫完了，再買一本新的就好了，好嗎？」

「……鶴子！」

芽衣子順著湧上的感動拿起筆，在「芽芽聊天專用區」寫字。

「鶴子真的好溫柔。」

「芽芽……」

知利子難過地瞇起眼睛，低下頭去。

「溫柔的人……是芽芽喔。」

「咦？」

「明明我毫不起眼，又沒有任何優點……妳卻總是稱讚我。我啊……很喜歡芽芽。」

「芽芽也喜歡鶴子。」

知利子靜靜注視著芽衣子的字，芽衣子忽然間才發現她在哭。但是，芽衣子不明白她流淚代表的意義。

「鶴子，妳怎麼了？」

芽衣子輕輕伸出手指擦去知利子的眼淚。

「好溫暖……」

「芽芽不想看到鶴子哭喔。」

芽衣子拿起筆，將自己的輕聲低喃原封不動地化作文字：「芽芽不想看到鶴子哭喔。」

「芽芽……」

知利子顯得欲言又止，但又嚥了回去，然後將滑落到臉頰上的頭髮撥到耳後。

「……仁太出門去打工了。」

「咦……打工?!怎麼回事？芽芽完全沒有聽說……」

說到一半，芽衣子拿起筆。

「仁太想賺錢嗎？」

「是啊……為了實現芽芽的心願，需要一筆錢。」

「為了芽芽的……」

芽衣子不禁回想仁太近日來的樣子。他每天都早出晚歸，她也不曉得他是上學還是出門去了其他地方，總覺得不可以過問，所以她就保持沉默，但是……

「芽芽對仁太造成麻煩了嗎？」

芽衣子的字跡不安地傾斜。

*

夜晚，群山環繞的鄉下城鎮，即使朝著與秘密基地相反的方向前進，盡頭依然是山。這邊的山沒有橋，綠意同樣連綿不絕，已經看得索然無味，但因為沒有溪流，些許白日的氣息悶在裡頭，每踏出一步，泥土就升起陣陣熱氣。

感覺著芽芽跟在後頭，知利子一直在心裡責怪自己。

哪裡溫柔了……真想痛毆自己。

但是，只能夠這麼做了。

知利子獨自暗暗思索著芽衣子的「心願」。

聰明又觀察入微，知利子努力讓自己成為這樣的人，但真正的她其實很笨拙，思考時必須比別人多花好幾倍的時間。但相對地，也更能貼近「真相」。

如今製作煙火的進度漸入佳境，但知利子並不認為芽衣子的「願望」是火箭筒煙火。

如果是煙火，為什麼芽衣子只出現在仁太面前？如果是大家必須同心協力才能實現的願望——應該超和平 Busters 的每一個人都看得見芽衣子才對。

只有仁太看得見芽衣子，而她出現在仁太的身邊。

答案根本顯而易見。早在當時，不只是知利子，大家都發現了——

她回想著夏季的那一天，想忘也忘不了的詛咒般的日子。

「其實仁太……喜歡芽芽吧？」

鳴子的聲音在秘密基地裡飄蕩，知利子早就知道了那天的「計謀」。

喜歡仁太的鳴子，喜歡芽衣子的集，是兩人串通好了要確認仁太的心意。她目擊到了兩人私底下鬼鬼祟祟商量。

當時年幼的知利子，覺得腳尖忽然發冷。

（為什麼要破壞大家好不容易建立起來的友誼呢？）

但是，知利子實在沒有時間想出答案——那個計謀付諸實行，然後導致了那個結果。

知利子痛恨沒能阻止兩人的自己，憎恨自己的遲鈍。但是……只是因為遲鈍而已嗎？

她一定也想知道答案吧。

如果確定仁太喜歡芽衣子，芽衣子也喜歡仁太，那她想要目睹——

集被芽衣子甩了的那一瞬間。

這個想法一直折磨著她。自己怎麼會有這麼過分的想法，都是因為這樣，芽衣子才會……

但是，這種想法中，還有揮之不去的困惑。

仁太喜歡芽衣子，這件事明眼人看了都知道。但是，芽衣子是否喜歡仁太……她就不敢肯定了。

芽衣子對誰都很溫柔，對誰都展露笑靨。雖也覺得跟仁太的距離很近，但沒有確切的證據。

然而，芽衣子回到了仁太的身邊。

不是任何人的身邊，只有仁太看得見芽衣子。那麼，答案無庸置疑。既然如此，「大家必須在一起才能實現的心願」——指的會不會是想知道仁太真正的心意？

這是大家沒有聚在一起，也能實現的心願……但是，也許那一天在芽衣子心中留下了強烈的印象。大家都在，嗚子又起頭問了：「其實仁太喜歡芽芽吧？」首度可以問出仁太的心意。

知利子不知道自己的推測是否正確。

她也沒有跟任何人商量，但是，她認為與死亡的瞬間越近、與死亡的原因越近的事情，與願望的距離也就越近。最重要的是，芽衣子的願望若實現了——知利子那天的願望也會實現。亦即集被芽衣子甩了的瞬間將會到來。

（芽芽，對不起……可是，我們的願望是一體的吧？）

「就快到了。」

知利子朝著芽芽應該存在的背後說道。

漆黑夜裡的樹林前方，宛如幽暗隧道的出口，出現了青白色的耀眼光芒——

＊

「是仁太！」

芽衣子的雙眼閃閃發亮——但是，瞳孔深處旋即閃現起複雜的光芒。

仁太在山路的工地打工，作業現場的巨大照明燈照亮了仁太他們。

他身上的T恤滿是污泥，脖子上明明捲著毛巾，也沒有去擦流下的汗水，拿著鏟子鏟土。芽衣子並不知道，這項作業是「不久前還不許他做」的高階工作。站在遠處，也看得出仁太的呼吸很急促。

「啊……」

芽衣子第一次見到仁太工作的樣子。腰部使力的位置跟一起工作的叔叔們不一樣，鐵鏟插進泥土時的角度也不同，還不習慣這項工作，兩腳很快就重心不穩。

「聽說是久川介紹了這份打工。」

知利子的聲音沒有傳進芽衣子耳中。因為她已經受到吸引，搖搖晃晃地邁步走向仁太。

（啊，是波波……）

芽衣子在臨時搭建的辦公室前停下腳步，鐵道正和看似前輩的中年男子說話。

「新來的小哥很拚嘛。」

「嘿嘿，是啊。」

鐵道如同自己受到稱讚般，驕傲地仰起頭。

「仁太真是太帥了。」

（啊……）

芽衣子直勾勾地望著仁太。

他的汗水，他的勞動，都是為了製作煙火，為了實現芽衣子的心願。

芽衣子還以為照明燈故障了，因為視野周邊突然有些扭曲。但是，其實是因為湧上眼眶的淚水。在刺眼的燈光照耀下，唯獨仁太的輪廓清晰地浮現出來——

「太帥了……」

芽衣子無意識地重複著鐵道說過的話。

幼年時期，芽衣子在班上是孤單一個人。

但是，是仁太……超和平 Busters 保護了她，待在她的身邊。

對她來說，他們是生平頭一次交到的朋友。芽衣子非常喜歡大家，沒有誰多誰少的分別，對每一個人的喜歡，分量都一樣。

但是，種類呢？意義呢？

真的是一模一樣、全然相等的喜歡嗎？

（芽芽……喜歡大家，喜歡仁太。）

而這個喜歡的涵義是……

就在這時，尖銳的話聲打斷了芽衣子朦朦朧朧的思考。

「喂，你要休息到什麼時候！」

鳴子從辦公室走了出來。芽衣子忍不住「啊」地停下雙腳。

「不要只讓仁太認真工作，你也快點做事啦！」

「是是～」

「那個小哥真是超級厲害的新人哪！明明才剛新來，竟然就把女朋友帶到工地現場來啦。」

「才、才不是！我只是剛好來這邊有事……對了！不只宿海，我也找久川有事情……」

「然後帶著一大堆慰勞用的飯糰跑來山上嗎？」

「吵死了，波波你閉嘴啦！」

鳴子滿臉脹得通紅，朝著哈哈大笑走開的兩個男人哼了一聲後，看向工作的仁太。

筆直地，目不轉睛地注視著仁太的那雙眼睛——

芽衣子不由得明白——

現在，鳴子也覺得仁太「非常帥氣」……

*

「拜啦。安嗚，回去路上別變成大野狼喔！」

「廢話少說！」

與返回秘密基地的波波道別後，我和安城沿著鐵軌移動。

這傢伙真的是……在想什麼啊？慰勞用的飯糰出奇巨大，味道還有點酸。好像是為了補充維他命C，加入了檸檬汁。

「宿海，你臉色很難看耶？」

「嗯……因為最近幾乎都沒有睡。」

「最好別太勉強自己吧？就算是為了芽芽……」

安城垂下眼瞼嘟噥說：

「更何況……我之前也說過，你越是努力……也只是讓芽芽越快成佛而已。」

「……」

我也知道自己在做的事情有多蠢。

「可是，既然那是芽芽的心願——也只能全力以赴了吧。」

「宿海……」

「因為我……對芽芽做了很過分的事情，我也知道這麼一點小事，根本彌補不了她……」

「那才不是宿海的錯！如果我那時候沒有問那種問題……」

「不是妳的錯。」

「就算不是我的錯！也一定是我更過分！」

「沒必要計較這種事情吧?!」

安城忽然沉默。她噘起嘴，把玩頭髮，然後緩慢地——咚！往我的胸口推了一把。

「嗚……嗚哇！」

儘管力道不大，但這記太過出乎意料的攻擊還是讓我腳步踉蹌，下一秒便跌坐在地上。

「幹、幹嘛突然推我啊！」

我撐著手，正要起身時，安城滿臉通紅地大喊：

「不要起來……就那樣子別動！」

「啊？」

「我……接下來要跟你說非常惡劣的話。」

安城用力吸一口氣後，順著吐氣的氣勢說了：

「——當時其實我……有點開心。聽到仁太說你……並不喜歡芽芽。」

「！」

我們的那一天。

無論過了多少年，非但沒有遺忘，反而被罪惡感層層籠罩的「誰會喜歡這種醜八怪」那句話。竟然有人聽到這句話……覺得開心？

「可是……」

「咦？」

「你後來馬上就跑出去，那樣子……簡直像在說你最喜歡芽芽了嘛。」

我這才發現安城的眼眶裡浮現著淚水，一點一點地融化了塗得非常濃密的睫毛膏，流淌下來。

「在那之後，我一直很痛苦……我無法原諒當時，那一瞬間感到開心的自己。傷害了芽芽，發生了那種事……也無法原諒……」

安城拚命地拼湊起因淚水而斷斷續續的字句。

「無法原諒……喜歡仁太的自己。」

「！」

我瞬間顯得狼狽無措。

因為眼前的安城，和我熟悉的安城完全不一樣……應該吧。那充分顯示她在現實生活中過得很充實的髮色、短裙，她怎麼可能喜歡我這種家裡蹲……

「我努力說服自己並不是喜歡仁太，也心想必須努力喜歡上其他人……可是，接近我的男生，我一點也不覺得他們有哪裡好……」

「喂、喂，安城……」

我的臉龐滾燙發熱，安城也連耳根都紅透了。

「我還是忘不了仁太……像這樣可以待在你的身邊以後，更是……我果然……」

「慢……慢著，安城！」

為了打斷安城的告白，我扯開喉嚨大喊。

「咦?!幹、幹嘛啦！」

「我……我得保持這個姿勢到什麼時候啊?!」

「啊……」

我像個呆瓜一樣，一直仰頭看著噙淚向我告白的安城。雖然心頭小鹿亂撞，但我再也受不了繼續保持這種毫無防備的姿勢。

「再、再一下子……」

「為什麼？」

「因為……就是，我不希望你突然抱住我嘛。」

「笨……！誰會抱住妳啊?!」

「因為！如果女孩子一邊哭一邊告白，通常男孩子都會抱住她吧！就算不喜歡對方，也會基於同情這麼做！」

「啊？妳那個知識從哪裡來的啊？」

「咦？就、就是……電視劇那類的。」

「妳到底看了什麼電視劇啊……」

就在這時，身後的山頭，大概是夜裡我們的聲音太吵了，讓牠睡不著覺，烏鴉用迷糊的聲音「嗯嘎」地啼叫了一聲。

「……」

我們同時啞口無言。

隨後我獲得許可站起來，一路走到了靠近車站的十字路口。我們兩人都緘默不語，也沒有交談，就這麼走在夜晚的城鎮裡，這段距離感覺比平常還要遙遠。

「……仁太家不是往這邊吧？」

「我送妳回去。」

「不用了，我一個人可以回去。」

安城停下腳步。

「芽芽一個人……走了呢。」

「咦……」

「我們明明是超和平Busters……卻讓她一個人走了。」

「……」

「所以，我也要一個人回家。」

說完，安城追過我往前踏步。

大屁股、高跟鞋，但是，背影卻和小時候一樣，顯得瘦小又無助。

＊

「……」

知利子輕輕從手機上頭別開視線，低下頭去。

在甚至忘了開燈的昏暗房間裡，液晶螢幕明亮地浮現。知利子再三重複著想打電話給仁太但又放棄這個動作。

「我們該回去了。」當時她出聲對芽衣子說，但沒有感覺到她的氣息。芽衣子確實回到家了嗎？

她是幽靈，應該不用擔心她會發生意外——尤其是失足跌落溪谷這類的意外。知利子在心中唸唸有詞地反覆說道。

她們沒有帶日記本過去，是因為如果芽衣子在上頭寫字，就會被大家發現自己擅自採取了行動。芽衣子曾寫下：「芽芽不想看到鶴子哭喔。」……如今想來，那真是丟臉得想找洞鑽進去的記憶。

她再一次想打電話給仁太，然後——

知利子撥打了集的電話號碼。

「鶴見，怎麼了嗎？」

鈴聲響了幾次後，聽到那道耳朵很快適應的嗓音，知利子突如其來地想哭。內心鬆了口氣的程度，連自己也嚇了一跳。

「我……想要知道。」
「咦？」
「真的……是煙火嗎？」
知利子幾乎不聽集的回答，一逕地傾吐自己的想法。如果認真地聽了集的附和，她真的會哭。倘若一邊哭著一邊說這種話……集會覺得她是沉重的女人，與她拉開距離。
她不認為願望是煙火、想知道芽芽的心意——集靜靜聽著這些事。
「所以，我……」
「那麼歸根究柢，妳到底想做什麼？」
「什麼？」
「妳想做的事情，就是傷害我們所有人吧？」
「咦……」
「沒錯吧？那一天對大家來說都是傷口……但是，妳卻想再一次確認那天的答案吧？……啊。」

說到這裡，集不再說話。手機話筒另一邊飄蕩著夏夜特有的濃密無言氛圍。

「松雪，怎麼了……」

「是啊……只要再回到那一天就好了。」

「咦？什麼意思……」

「就是重現啊。大家一起聚在秘密基地裡……然後問宿海，你喜歡芽芽嗎？」

「！」

重現……他們的那一天？

知利子一時間不明所以。剛才集明明說了：「那一天對大家來說都是傷口。」還說了：「妳想傷害大家。」他說中了。知利子一直認為，大家必須平等地受到傷害。她不希望只傷害到集。

（松雪……和我想的一樣。）

「是啊，鶴見……回到那一天就好了。如果大家都對那一天感到後悔，芽芽應該也一樣後悔才對，一定。」

集接著說道。手機裡傳來的假裝輕快的聲音，微微在顫抖。

「因為，我們是超和平 Busters 啊。」

*

我將拉門的鑰匙插進鑰匙孔。這個老舊的鑰匙孔很有個性，一旦關上，再度打開非常需要訣竅。然而，今天卻輕輕鬆鬆地打開了。

偏偏在我不想進家門的時候……

「我回來了……」

我用自己最小的音量說道。下一秒，噠噠噠噠的熱鬧腳步聲傳來。

「仁太，歡迎回來！」

芽芽向我投來天真無邪的燦爛笑容。今晚我不想看見她的笑臉……但是，胸口一帶還是反射性地浮現暖意。

「啊……妳肚子餓了吧？要煮點東西嗎？」

「芽芽想吃 Curry Marchè 咖哩包裡頭的蘑菇！」

「妳真愛 Curry Marchè 這一牌耶。」

「嗯！記得替我切掉蘑菇的梗喔，我要把咖哩醬倒進凹凹的那一面，再一口吃掉！」

芽芽跟到了廚房來，明朗的嗓音似乎為我稍微驅散了剛才為止與安城對話後，一直累積在胃裡的沉重感。

「啊，對了！仁太，你日記停下來了吧！不行啦，下一個人是雪集。晚上你要寫好，明天拿給他喔！」

「是是。」

「啊，對了！仁太的爸爸說過腰很痠，幫叔叔買那種會咻咻冒泡的巴斯克林沐浴劑吧！我爸爸以前也會用唷！」

「咻咻冒泡……嗯，我知道了，雖然聽不太懂。」

抽屜裡頭塞滿了鹽味拉麵和咖哩調理包，冰箱裡則是蘇打冰棒，全是芽芽愛吃的東西。老爸因此對我說了：「仁太口味真專一耶。」

「啊，對了對了！」

「又怎麼了？」

「安鳴是不是想成為仁太的新娘子呢？」

……

「……啊——?!」

我忍不住鬆手放開咖哩調理包的盒子。

「妳、妳為什麼突然這麼說?!」

「仁太的爸爸跟芽芽也喜歡仁太，但安鳴對仁太的那種喜歡，一定是想成為仁太新娘子的喜歡喔！」

芽芽幾乎沒有換氣，傾著身子說。

看著她無比認真的眼神，原先非常混亂的大腦慢慢冷卻……這算什麼？這傢伙為什麼要這樣……

「……才不是咧。」

「芽芽就是知道喔！」

我不禁從芽芽身上別開目光。若被芽芽清澈的大眼睛注視，感覺所有一切都會被她看穿。

「才不是什麼喜歡……」

不，安城說了，說她喜歡我。

但是——她的喜歡鐵定不是一般的喜歡，不過是對芽芽的罪惡感，和對過去的我的思念交雜在一起。因為，現在的我……

「那傢伙怎麼可能喜歡我這種人。」

「咦？為什麼？」

「為什麼……因為那傢伙……那傢伙她——」

我一時間想不到要說什麼，明明前陣子在教室裡還口若懸河滔滔不絕。

「是臭婆娘？」

「妳、妳這句話就……」

「之前仁太說過吧，說安鳴是臭婆娘，是笨女人。」

對喔，我好像這麼說過……

「可是，安鳴才不是呢。她非常可愛又溫柔，說不定還喜歡仁太喔？」

「芽芽……」
這傢伙是什麼意思……？為什麼一直稱讚安城？
「妳……意思是希望我和安城湊成一對嗎？」
「湊成一對？」
「呃，就是……希望我們感情很好嗎？」
「嗯！雖然現在感情也很好，但如果可以更好更好，一定也會更開心唷！」
徹底冷卻的大腦中，彷彿出現了一個非常灼熱，觸感硬邦邦的小點——明知道不可以說這種話，但是……
「那我的……喜歡……該怎麼辦？」
「……仁太？」
我凝視著芽芽，伸手觸摸她單薄的肩膀。
只有我觸碰得到，那特別的肩膀。
「咦……」
我將芽芽拉向自己，她的長髮輕輕晃動，搔弄鼻尖。

聞著甜美的香氣，我繼續將她拉近自己，臉龐更是湊向她，然後……

「?!」

咚！緩緩地推了她一把。

「啊、哇哇?!」

芽芽摔得四腳朝天，就跟剛才安城對我做的一樣。

「嘿嘿，防守太薄弱了！」

「什麼什麼?!討厭，仁太真是小孩子！」

芽芽鼓起臉頰，回戳我的肩膀，我邊笑著邊躲開……然後發覺芽芽也在笑。

怎麼可能付諸行動。

芽芽不懂這種齷齪的感情。

只有我觸碰得到芽芽。但是，卻又絕對不能觸碰。

「好了，妳坐下來等我吧。我來加熱咖哩包。」

「是～」

芽芽走回起居室，同時再一次叮嚀：

「欸……仁太，不可以忘記唷！」

「咦？」

「交換日記，絕對不能停下來。絕對喔！」

空洞的記憶，驀然發現

再這樣下去無法變成大人。

所以我下定決心，要實現芽芽的心願。

這麼一來，芽芽從漆黑「空洞」裡傳來的聲音，好像就會慢慢變小。同時，自己好像也會不斷長大。

生長在秘密基地四周的樹木的葉子，不斷地長大，不斷地長大。淺嫩又美麗的綠色慢慢變濃，變作堅硬又接近黑色的青綠。

然後，我突然心生疑惑。

我真的想變成大人嗎？

想回到那一天

芽衣子一個人走在延伸向秘密基地的林木之間。

初秋的晴朗天空萬里無雲，甚至有些反白，連遠方「無可奈何會看見的東西」也浮現出輪廓。

（昨晚仁太感覺好奇怪。）

芽衣子心想著，仁太確實將日記拿給集了嗎？以及——當時聽見的小聲呢喃。

「那我的喜歡該怎麼辦？」

（仁太的喜歡……是什麼樣的喜歡呢？）

話又說回來，他喜歡的對象是誰呢？

也許……是自己吧。芽衣子也曾這麼想過。因為她曾時不時偶然間聽到旁人謠傳：「仁太喜歡芽芽。」「才不可能呢！」她這麼反駁著，但也有些在意。

但是，那一天，仁太這麼回答了鳴子的問題：「誰會喜歡這種醜八怪啊！」

（嗯……真是有些失禮。）

芽衣子覺得自己當下好像很震驚，但是，因為隨後自己就死掉了，其實記不太得了。現在，仁太又對自己非常好，這件事她也就不太介意。

她認為鳴子的喜歡，是想成為仁太新娘的喜歡。那自己的喜歡呢？

（芽芽好像……也是想成為仁太新娘的喜歡呢。）

「呀啊啊！」

芽衣子臉紅得跟蝦子一樣，無意義地小跑步起來。但是——

她知道自己無法成為仁太的新娘。

（沒關係、沒關係、沒關係。）

腳底下的小小雜草，從來不會弄傷芽衣子的赤裸腳丫。

仁太也不想娶「這種醜八怪」當新娘子吧——更何況，自己已經死了。風吹過奔跑的芽衣子臉頰。

之所以奔跑，是因為芽衣子試圖釐清「心願」。大家都打算為她施放煙火，但是，她遲遲無法肯定那是否是自己的願望。

此外，芽衣子心中的記憶碎片正慢慢甦醒。

仁太的母親在病床上說過的話——我有事情想拜託芽芽——她覺得真正的「願望」的提示就在這裡。

仁太和大家都正想方設法在存錢。

（如果這不是我的願望，就太對不起大家了。）

仁太的母親在病床上說了什麼呢……

為了回想起來，她尋找著能夠協助想起記憶的線索。即使無法馬上曉得仁太母親的心願，但應該有許多事情可以聯想。而充滿了自己最多回憶的地方，果然就是秘密基地吧——芽衣子並沒有想到這麼多，只是無意識地動了起來。

連自己也不太明白的少女情懷、友情、懺悔和心急全混雜在一起，芽衣子沒有停下腳步地繼續奔跑。

然後，她站在秘密基地前。初秋的天空下，漆黑的室內簡直像是——

巨樹上形成的「大洞」。

「打擾了……」

芽衣子緩緩走進「大洞」中。黑暗之中，鐵道正站在房間中央靜靜仰望著柱子。

「嗚哇！啊，嚇了我一跳……波波？」

芽衣子正想走近，卻驚覺地停下腳步。

（波波在哭……？）

眼淚不斷從鐵道睜大的雙眼滾落下來。芽衣子不懂鐵道為什麼哭，所以也不曉得該怎麼辦。

「……好！該出門工作了！」

鐵道啪沙啪沙地潑水洗臉，再拿起一旁髒兮兮的毛巾用力擦了擦臉後，順勢拿著毛巾聲音響亮地擤了鼻涕。

波波跨上停在秘密基地前頭的機車，發動引擎後揚長而去。一個人落單的芽芽看向鐵道流著淚注視的東西，然後肩膀一震。

「超和平……Busters。」

刻在柱子上的，屬於大家的記號。

超和平 Busters 成立的那一天，仁太與波波爬上椅子刻下的文字。

芽衣子目不轉睛地繼續注視著，於是，跟剛才的鐵道完全一樣，淚水源源不絕地滑下臉頰……

一如那天仁太他們做過的，芽芽也搬起椅子放到柱子底下，然後搖搖晃晃地爬上椅子，拿起了筆。

*

在煙火師大叔眼中，火箭筒煙火的構造似乎並不困難。

芽芽也一起幫忙，大致上事前準備工作都結束了，最終調整留到當場再做即可。接下來只剩下決定好施放煙火的日期，然後付諸實行。

不過，要在非祭典的日子施放煙火，有些事也必須先打點好，舉凡取得附近居民的同意等等。討論這件事情的會議卻遲遲無法召開，九月已經過了一半。

之所以無法決定日期，都是因為我的關係。

我老是藉故推托說打工有事，或是根本沒去的學校有事，拖拖拉拉地一延再延。因為見到安城會讓我很尷尬……更主要的是，一想到這樣一來芽芽的心願就會實現了，我就怎麼也提不起勁。

但是今天我們相約在秘密基地集合開會——因為松雪和鶴見突然變得很積極。

松雪甚至在交換日記裡寫道：「該決定討論的日期了吧。」對此，鶴見也在日記裡回覆：「是啊，我除了十五號以外都可以。」緊接著大家也配合著寫下了自己的方便日期。

我……就只選了鶴見說她十五號不行的那一天，回道：「我只有這天可以。」

於是鶴見就乾脆地回了：「那我取消原本的約定吧。」

大家是怎麼了？就這麼想讓芽芽成佛嗎？

「……唉，我還真矛盾。」

「仁太，怎麼了嗎？」

「不，沒……啊，不，什麼事也沒有。」

「啊！仁太剛才是想講『不沒事』又改口了吧！如果你不想再當『不沒事星人』，『不沒事星人』的同伴會難過唷！」

「同伴是誰啊？」

秘密基地裡只有波波跟芽芽。波波為芽芽的咖啡加了從便利商店買來的鮮奶油，芽芽哇哇大叫，喜孜孜地用兩手捧著杯子喝咖啡。

喀答喀答，大門嘰嘎作響地搖晃後，松雪及鶴見走了進來。

「各位辛苦了。」

「雪集！」

「我帶了慰勞品過來，有點心等很多東西。」

「我買了可樂……有健怡跟低卡，還有茶。」

「哇噢～！雪集、鶴子，怎麼回事？你們也想得太周到了吧，這下子根本成了派對！」

「……也對，順便舉辦派對也不錯吧？」

說完，松雪勾起嘴角。

「畢竟放完煙火，芽芽就成佛了……可以算是餞別派對吧？」

「！」

芽芽的……餞別派對。

這句話讓我再不願意也領悟到了，一切真的即將結束。波波大概也有相同的感受吧，一瞬間臉頰的肌肉僵硬。

「哇啊啊啊，餞別派對！欸，仁太！早知道我們也帶點吃的東西過來！」

芽芽的雙眼熠熠生輝，捉住我的手臂猛力搖晃。

「芽芽，妳冷靜一點……」

「喂，仁太。」

「咦？」

波波低著頭，眼神像在尋找看不見的芽芽般嘀咕問道：

「芽芽很開心嗎？」

「嗯、嗯……」

「……這樣啊。」

波波用鼻子噴了一口氣，抬起頭來，已經掛著平常的傻笑。

「好！那就先吃東西吧……來，芽芽，選妳喜歡的東西吃吧，千萬別客氣！」

「耶～！」

「喏，仁太也吃吧！雪集跟鶴子也吃吧！」

「明明是我們買來的……也罷，算了。」

就這樣，芽芽的餞別派對開始了。芽芽在大家四周開心地蹦來跳去。

松雪與鶴見忽然互相對視，那種別有意圖的神情，讓我的胃部一帶油然升起了不祥的預感。

這些傢伙……在打什麼鬼主意嗎？

＊

鳴子站在橋的正中央，一點也不想繼續往前進。

（這算……什麼啊？）

她定定望著集昨天寄來的訊息，上頭寫著：「我要重現那一天。」並且要鳴子也幫忙。

收到的時候，她的手在發抖。他在想什麼啊？那天對大家來說都是傷口……而且這樣子等同拿芽衣子的死在開玩笑吧？

鳴子氣沖沖地想質問集，但在那之前，先打了電話給知利子。知利子像壓抑著情感般喃喃地說：

「我也知道這種事情很過分。」

但是，也許這就是芽衣子的「心願」……如果能夠知道仁太真正的心意，說不定芽衣子就——

鳴子覺得他們太自以為是，但是又無法斷言就是那個「願望」沒錯。假使自己是芽衣子，現在喜歡仁太的心情越來越強烈，確實很有可能因此化作幽靈出現。

（可是，我不想……再做那種事情了。）

河川流水聲從腳底下傳來，不同於潺潺細流，有些波濤洶湧，強行逼著她回想起「那一天的結果」。就在她害怕得想折返時，響起了收到訊息的鈴聲。是集寄來的訊息：「快點過來吧，大家都到齊了。」

「開什麼玩笑……！」

鳴子忍不住咕噥，回覆訊息：「就算你們兩個無所謂，也站在被連累的我們的立場想想吧。」按下發送鍵後，不過十秒鐘就收到了回信。

「久川也同意了，不知道的人只有宿海跟芽芽。」

看到這串文字，鳴子感覺到穿著涼鞋的腳尖瞬間發涼。

鐵道他……？

鳴子將手放在秘密基地的大門上，裡頭傳來了鐵道的吵鬧說話聲。像被這道聲音推了一把般，鳴子打開門。
「哦哦，安鳴！妳動作真慢耶！」
鐵道笑著走過來，將裝了可樂的紙杯遞給她。鳴子輕瞪了鐵道一眼，但鐵道還是吊兒郎當地傻笑。
（他真的知道嗎？）
鳴子抬起頭，便見集跟知利子看著這邊，稍微點了點頭。他們那種一副了然於胸的表情讓她很火大，接著看向仁太。
「啊……」
視線正好與仁太對上，她的心臟撲通地用力往上跳動。
但是，像在逃避鳴子似的，仁太輕垂下目光。在他的視線前方，一定有著芽衣子——
即使沒有收到集傳的那封「要重現那一天」的訊息，鳴子今天也不想來秘密基地。因為她不想與仁太見到面。做出了那樣的告白以後，她不曉得該以什麼表情面對他。

可是，答案非常簡單。因為仁太打從一開始就「沒有看著」鳴子，而是「看著」大家都看不見的芽衣子，僅此而已。

「好！安鳴也來了，派對總算可以正式開始。芽芽，麻煩妳說句話吧！」

波波卯足力拍手，大家也稀稀落落地鼓掌。

（仁太，這樣真的好嗎？）

仁太依然望著想必是芽衣子所站位置的某個點，大家默默地注視著仁太的目光移動到波波旁邊。

「對了！正好交換日記現在輪到我……來！芽芽，在上面寫下致詞吧！」

波波將日記和筆遞往半空中，於是不消多久，兩樣東西輕飄飄浮在半空中。是芽衣子接下了吧，筆沙沙沙地揮動。

「今天很感謝大家為了芽芽做這麼多。」

「啊……」

「芽芽會在放煙火後成佛。」

每當越來越多文字出現，仁太就好似有人切割著他的身體般，痛苦得臉龐扭曲，胸口有些激烈地起伏著。

（為什麼？仁太，快點阻止——）

「希望到最後都能跟大家好好相處，麻煩大家了。」

鐵道的臉龐皺得像快哭出來的嬰兒一樣，大概是為了掩飾，他用力拍手，拍到手都快要斷了。

「以上就是芽芽同學的致詞！」

集和知利子也同樣在拍手。

（什麼……怎麼回事？）

這場教人吃驚的鬧劇。秘密基地內流竄的氣氛讓鳴子很不愉快，很想逃離這裡，現在立刻拉起仁太的手……

「喂，有沒有人要提供餘興節目？」

集打斷了鳴子的思考。

「既然是芽芽的餞別派對……機會難得，熱鬧一下吧。」

知利子覷向集，從她的眼神可以看出，接下來終於要「開始」了。

（等一下！我還沒有說要加入吧！）

鳴子狠瞪向集，但集泰然自若地加以無視。

「噢噢，這個點子不錯！那要做什麼？」

鐵道幫腔附和。鳴子著急起來。啊啊，他們果然設了圈套。

不行，再這樣下去，如果那麼做——

「對了，我們再一次……重現那一天怎麼樣？」

「！」

「重現那一天是什麼意思……」

「就是重現那一天，在這裡發生過的事情。」

仁太起先滿臉問號，但臉色頃刻間變得慘白。鳴子不敢直視到最後。

「在這裡發生過的事……啊?!」

「仁太！」

鳴子忍不住想跑向仁太，想和仁太一起逃離這裡。但是——仁太已經一個箭步奔過了鳴子身旁。

「咦……?!」

「芽芽，回去了！」

仁太朝著在鳴子他們眼中「只是一處空間」的地方伸出手。

「走了，快點！……啊，那種東西就別管它了！咦？為什麼？因為這種事情……喂，芽芽！」

然後仁太以鳴子他們完全聽不見的聲音持續對話，手不停地揮動著。是芽衣子在反抗嗎？

（啊……）

鳴子覺得體內所有力氣都流失了。果然自己無法介入仁太與芽衣子之間——打從那一天起，不，是早在那一天之前就是這樣。

「安鳴！」

這一瞬間，集大聲叫喊。集想必也感受到了相同的無力感。

「啊……」

像受到集的吶喊催促般，安鳴下定決心。

她確實會受傷，也會傷害到其他人。但是，如果不說出那一句話，芽衣子的心願就不會實現。芽衣子就不會成佛。

自己永遠……也無法站在仁太面前。

「……其實仁太……」

「不准說！」

仁太的大吼讓鳴子的肩膀顫動了一下。集、知利子和鐵道都祈求似地注視著鳴子。沒錯，已經不能停止了。

「不要說……安鳴！」

仁太無意識地呼喊鳴子的小名。

這聲呼喊在鳴子心中變成了鉤子，串連起當年的心情與現在的心情。鳴子嚥下口水，揚起顫抖的下巴。

「喜歡芽芽吧？」

仁太的耳朵變得通紅。但是，不是跟當時一樣在害羞，而是因為憤怒。
「你們，我簡直不敢相信……太差勁了！」
仁太充滿憎恨的雙眼看向在場的所有人。鳴子力氣耗盡地當場癱軟。
彷彿在說鳴子的出場結束了，這次換作集往仁太跨出一步。
「說吧。」
「雪集，你……！」
「芽芽在這裡吧？老實回答吧。」
默默聽著的波波也嘀咕開口：
「快……說。」
「！」
「快說、快說、快說。」
和那日一樣慫恿的聲音，但是，鐵道一點也沒有胡鬧的成分在。他露出了看不出任何情緒的空洞眼神，用氣若游絲的聲音又說：
「快說、快說……」

「波、波……」
鐵道的聲音在秘密基地裡迴響。
仁太使力緊咬牙關，舉步離開現場。
「仁太！」
知利子以小名呼喚他，但仁太衝出了大門。
感覺上他並沒有拉著芽衣子的手，大概是再也待不下去了吧。逐漸遠去的那道背影……就跟那天一樣。
（不行，這樣子就……！）
鳴子正要放聲大喊——鐵道快了一步追向仁太。
「不行……不行——！」
鐵道越來越接近仁太。
鳴子們也緊追在後，衝進黑夜裡。
（芽芽呢?!）

嗚子慌忙環顧四周。芽衣子去追仁太了嗎？跟那天一樣？

鐵道已經跟當年笨手笨腳的波波不一樣了。他卯足全力狂奔，很快地追上仁太──然後猛烈地擒抱住他。

咚沙沙……！

「……！」

仁太抬起頭來，眼前卻是波波哭得涕淚縱橫的臉龐。

「仁太，不准你逃避！」

「波……波？」

「現在……逃避的話！結果又會一樣！」

「一樣……？」

「我……我啊……親眼看到了……」

淚水、鼻水和汗水全混在一起，鐵道也沒有伸手抹開，聲嘶力竭地大喊：

「我看到了芽芽……被沖走的那一幕！」

空洞的記憶，無法忘懷

下過雨的隔日，污濁的河川裡，毛巾水母形成的白色花朵隨風搖擺般悠悠飄流。

我想要追上去，膝蓋卻瑟瑟發抖，無法順利跑起來。

毛巾水母沉下去的那一瞬間——似乎看著我這邊。

我想不起來當時她是什麼眼神，是憎恨著我？還是在埋怨我？

但是，那雙眼睛從那一天起，一直定睛凝視著我。

明明我想不起來是什麼眼神，卻清楚知道那雙眼睛在看我。

從我內心的「空洞」裡，眨也不眨地……靜靜地，一句話也不說。

＊

看到了芽芽……被沖走的那一幕。

波波的坦白太過具衝擊性，我的腦袋反而出現空白——啊，這種狀況已經是第二次了——邊被波波的蠻力壓在地上，我邊感受著。

第一次是穿女裝的松雪跨坐在我身上。滴滴答答落在我臉上的淚水和鼻水，讓我已經感到厭煩地不得不再次意識到——

從那天起，我們一直和芽芽活在一起。

「被沖走的……」

松雪說到一半就住了口，大概是害怕波波描述更多的細節吧。

我也很害怕。單是稍微想像，就幾乎要放聲大叫。

但是，波波卻一直是一個人……懷抱著這份記憶。

「我已經……再也不想待在這裡了……待在芽芽消失的……這個地方。我一直很想……逃離那一天。」

波波忍著湧上喉嚨的嗚咽聲又說：

「也不去高中上課，開始打工。我還以為只要到處亂跑……去世界各地……到很遠的地方，就可以改變！我沒能去救被沖走的芽芽……腦筋只是一片空白……就只能夠眼睜睜看著！我還以為可以抹除那麼沒用的自己……可以忘記那一天……！」

「啊……」

「可是，我就是辦不到！最後還是會再回來……」

波波抬起頭，看向秘密基地。在那裡……大門的地方，芽芽正怔怔地呆站著。

波波應該看不見芽芽，卻像朝著芽芽呼喊一樣大聲吶喊：

「回到我們的……這個地方來……！」

肩膀突然變輕。波波從我身上下來，沒有預警地當場跪下。

「波波……？」

「拜託你，仁太！大家……！」

波波的臉龐大力地蹭著大地，泥土黏在了他滿是淚水與鼻水的臉上。

「拜託你們了……讓芽芽成佛吧！讓我……對那一天懺悔吧！」

「啊……！」

「我知道我很自私！可是，再這樣下去……永遠也不會消失……在我眼前，慢慢飄走、越來越遠的芽芽……永遠也沒辦法消失啊！」

波波就這麼將臉埋在地面上，抽抽搭搭地啜泣，小山一樣拱起的背部劇烈地上下起伏。

「波波……」

安城和鶴見也哭了，松雪摀著嘴巴。

是嗎……原來是這樣。

聽到我突然沒頭沒尾地說芽芽回來了，最相信我的人就是波波。為了實現芽芽的心願，波波比任何人都認真以對。那不僅是為了芽芽，也是為了逃離幾乎要將自己壓垮的沉重罪惡感，好讓自己輕鬆一點。

但是……誰也無法指責波波。

不論是我還是松雪，鶴見也好安城也罷，大家都被那一天束縛住，試圖逃離那一天……

「啊……」

芽芽慢慢地走向波波。

「芽、芽……？」

「咦……」

芽芽像在安撫小孩子般，溫柔地撫摸趴在地上的波波的頭髮。然後，用母親一般沉靜的聲音說了：

「你很害怕吧？」

「芽、芽……？」

「波波，你很害怕吧？」

「芽芽說……波波，你很害怕吧？」

「啊……！」

明明才大哭一場，波波的眼眶裡又倏地浮現斗大的淚珠，讓人驚訝他體內還有這麼多水分。

「芽……芽芽——！」

波波的慟哭聲在四周繚繞迴盪。松雪那時候也是這樣……這座秘密基地，這片森林，有著讓我們赤裸裸剖開內心的魔力。

松雪顯露了自己穿女裝的模樣。

波波顯露了自己的罪過。

安城以及鶴見也不畏自己會受傷，試圖重現那一天，然而……

「我對不起大家。」

聽到我開口，大家的視線一致聚集在我身上。

什麼嘛，真像從前……大家都等著我開口說話。

對喔，事到如今我才發現。身為老大的我，總是大步走在大家前方。但是，並不是這樣。大家是在等著我往前邁進。

那麼，我得前進才行。

雖然我這個老大當得窩囊又狼狽，但既然大家都等著我，就必須踏步前進。

我抬起頭來，然後，在大家面前不再逃避地宣布：

「我……喜歡芽芽。」

*

我和芽芽肩並著肩，走在橋上。

芽芽沒有消失……果然這並不是她的願望。

「波波……不知道有沒有把臉洗乾淨呢？」

松雪他們說了要在秘密基地再待一會兒。是基於多餘的顧慮，想讓我和芽芽單獨相處，才不一起回家吧。

真的是多管閒事……在經歷了那般開誠布公的告白後，跟芽芽獨處實在很尷尬。也不曉得是否知道我的心情，芽芽喋喋不休地打開話匣子。

「其實根本不用在意呀。芽芽呢，也記不太得死掉時的情況了，但我知道並不覺得痛苦或難受喔……啊！早知道應該告訴波波！讓他一直覺得對我很抱歉，這樣太可憐了嘛！」

「……這種時候妳還擔心別人。」

我忍不住失聲笑了出來，也因為聽到芽芽在那一瞬間「並不痛苦」，安下心來。我笑了以後，芽芽也放鬆緊繃的臉蛋。

「欸，仁太。」

「嗯？」

「剛才仁太說的，是真的嗎？」

竟然在我鬆懈時趁其不備攻擊，我不由得「呶！」一聲發出了奇怪的叫聲。

但是，我立即重振旗鼓。沒錯，我不再逃避了。

「真的……啊。」

「嘿嘿嘿，芽芽也喜歡仁太──！」

芽芽咧嘴露出燦爛笑容。可惡，她真的長得好可愛……

「妳、妳說喜歡，但並不是……朋友的那種喜歡喔。是妳之前說的……」

「我知道，是想娶我當新娘子的喜歡吧？」

「妳……咦？」

零星的街燈往前延伸，在黑暗與光明斑駁的散布中，芽芽流露出了至今從未展現過的成熟側臉，表情有些痛苦。

「芽芽……必須向安鳴道歉才行。」

「……咦？」

「因為芽芽的喜歡……也是想成為仁太新娘的喜歡。」

「芽芽……」

芽芽悵然地垂下目光。

映照在街道上的只有我的影子，沒有芽芽的。

「芽芽如果像大家一樣長大成人……會不會已經是仁太的新娘子了呢？」

「……！」

什麼意思，這樣子簡直像是──

「就算……跟大家不一樣，我們還是能在一起吧……既然我看得到妳，那就保持這樣……」

喉嚨好渴，但是──

「就算不成佛……妳繼續待在這裡就好了啊……」

「仁太……」

我說……出來了。

一股不自在的沉默隨之降臨。芽芽也許是忍受不了，像要遠離我身邊，噠噠地往前跑了幾步。

「芽芽！」

芽芽定住不動，轉過身來，臉上已經變回平常傻乎乎的溫柔笑容。

「我要成佛唷。」

「咦……？」

「然後呢，我要投胎轉世！」

芽芽帶著笑容繼續說：

「要是變成花或是地瓜，那就麻煩了呢，希望還能再變成人類，才能跟大家說話！」

「跟大家——」

「嗯，跟超和平 Busters 的所有人！就算芽芽變成了小狗，還是可以跟大家說話喔。但如果不成佛，就辦不到了。大家都看不見我……也不能跟大家說話了呀！」

想跟大家說話。

我好不容易說出了自己的心情，也總算知道了芽芽的心意，兩人的心意總算可以相通了——

「……幹嘛管大家啊。」

「咦咦咦，當然要管啊！我們可是超和平 Busters 耶！」

「什麼當然啊，簡直莫名其妙。」

但是，我也心想，這是無可奈何的事吧。

大家都想見芽芽。能夠品嘗這份喜悅的人，就只有我。

芽芽最為同伴著想、最為超和平 Busters 著想，比起自己更重視其他人……這種情況對她來說很痛苦吧。

而我……果然喜歡這樣子的芽芽——

「啊……仁太，你在哭嗎？」

「?!」

我這才驚覺自己在哭，眼淚接連掉下來……有多少年沒有這種眼眶四周在發熱的感覺了？已經是久到想不起來的記憶。

我慌忙用手臂擋住眼睛。必、必須想點藉口蒙混過去才行……

「仁太，你怎麼了?!為什麼……」

「是龍龍！」

「咦？」

「我是……想起了……《龍龍與忠狗》。」

「咦？」

「咦！」

芽芽愣愣地張著嘴巴，我也對自己太過沒頭沒腦的藉口嚇了一跳。但是，都已經說出口了，我也無法挽回。

「就是阿忠……《龍龍與忠狗》……以前重播的……那部卡通……」

我用手背抹掉眼淚，繼續說道。唉，真是明顯的謊話，前後文根本不連貫嘛。啊……還是我潛意識裡將芽芽的成佛與阿忠的升天連結在一起？就算是這樣……

「——仁太！」

芽芽往前傾身，打斷我漫無邊際的思考，然後強行拉起我的手，緊緊握住。

「我想阿忠牠啊……一定很幸福喔！」

「啊……」

芽芽筆直而認真地注視著我，說著激動的話語，連連用力搖晃我的手。

「因為龍龍對牠非常、非常溫柔吧？他們是朋友吧？所以一定過得很幸福，你說對不對？」

「嗚……嗚嗚……」

很沒出息地，芽芽的安慰讓我的眼淚停不下來。一心想我真的很喜歡她，就停不下來。

我只能嗯嗯地不斷點頭，芽芽溫柔地包覆住我的手。

「那仁太，我們就這樣牽著小手回家吧！」

與芽芽兩人一起踏上的回家之路。

我望著投射在橋上，只有自己一人的影子，掌心上卻也感受著芽芽的溫度。

明明這般靠近，卻又這般遙遠。

同時我……第一次體驗到了苦澀的滋味。

＊

「芽芽，妳知道什麼是投胎轉世嗎？」

洋溢著柔和亮光的病房內，仁太的母親露出微笑。

芽衣子沒有告訴大家，自己一個人跑來探病，不解地歪過腦袋瓜。

「投胎轉世……？」

「是呀，就算生命到了盡頭……也會再度變成小寶寶，誕生到這個世界上喔。也有可能不是人類，而是變成貓咪或花朵的小寶寶。」

「哇啊啊啊！好厲害喔……啊。」

察覺到這句話的涵義，芽衣子的雙眼黯淡下來。

「呵呵，所以我不寂寞喔。雖然我會暫時消失……但馬上就會投胎轉世。」

「可、可是，仁太一定會很寂寞喔！」

「嗯……」

仁太的母親忽然抬起頭，脖子比起病房裡搖動的白色窗簾更加蒼白透明。

「是啊……」

仁太的母親直視芽衣子，目光不像在面對一個小孩子，顯得有些急迫。

「對了，芽芽，我有件事情想拜託妳……」

幸福的時光

早上了。我什麼時候睡著的？虧我還以為大膽告白後，今晚絕對睡不著覺……

「！」

我猛然抬起頭，發現芽芽不在床上。

「芽芽……芽芽?!」

我大驚失色地從沙發上跳起來，邊叫著芽芽的名字邊衝下樓。

「芽芽，妳在哪裡！芽芽！」

「什麼事～？」

「?!」

芽芽就站在只有早上會照到陽光的廚房裡。在朦朧不清的光芒中，今天她也笑得惹人憐愛。

「仁太，早安！你這樣子不行啦……剛剛叔叔才出門去上班，你如果喊『芽芽、芽芽』，叔叔會以為自己的名字變成了『芽芽』，嚇一大跳喔。」

「啊……嗯。是啊，抱歉……」

太好了，真的是太好了。

我剛才還以為──芽芽是不是消失不見了。

就在這時候，對講機接連響起了「叮咚」的鈴聲。原本對講機接觸不良，最近狀況倒是非常良好。

「是誰呢？來了～……」

「喂，等一下，我也一起過去。」

「如果是很清脆的叮咚聲，都是超和平 Busters 的人來的時候喔！」

「是嗎？」

芽芽緊挨著我，我打開大門。

「看～吧，我答對了！是波波！」

站在門外的，是雙眼充血紅腫的波波。

「仁太，早安。」

「嗨、嗨……早安。」

波波的語氣一反常態的粗魯。

「……芽芽在嗎？」

「嗯，我在喔～！就在這裡，這裡這裡這裡！」

好像是在模仿雞，但完全不像。芽芽用手掌做出鳥喙的形狀，接連戳向波波的肚子。

「噢！芽、芽芽……看來是在呢。」

大概是肚子感受到了奇妙的衝擊，波波又說了：

「那個……昨晚真對不起。」

「咦咦咦，為什麼要道歉？一點也不需要對不起喔！」

「她說一點也不需要對不起。」

「……嗯。」

波波害臊地點點頭，輕搓了搓後腦勺後，從手上的紙袋裡拿出交換日記。

「還有這個。」

「哇啊，真了不起！波波馬上就寫好了呢……跟仁太完全不一樣！」

「妳很吵耶。」

「那麼我……還要打工，該走了。」

「好的，路上小心！」

「路上小心。」

波波用著跟背後一望無際的秋季天空一樣，毫無陰霾的嗓音大吼：

「哦，我走啦！」

回到起居室後，芽芽偎向拿著日記的我。

「仁太，快點快點！芽芽想看日記！」

「是是……」

在芽芽的催促下，我翻開日記本。上頭以難看但又莫名好懂的字跡，正經八百地寫下密密麻麻的文字。

「今天真的是很棒的一天，太棒了。

芽芽，謝謝妳回來。

我不再像之前一樣，現在是真的打從心底，想實現芽芽的心願。沒有我們超和平 Busters 做不到的事情，對吧？

芽芽，妳就放心等著吧，大家絕對會一起想辦法。

你們聽好了，絕對要升起煙火喔！」

「什麼叫『你們聽好了』嘛……」

我噗地笑了出來。一直都笨手笨腳的波波，現在卻揮起拳頭鼓勵著大家，這讓我感到高興。

「對吧？芽芽……芽芽？」

「嗚……嗚嗚……」

「唉，妳又在哭了。」

「嘶嘶……昨天，仁太不也哭了嗎？……」

「囉嗦。」

「仁太！你要快點寫日記喔！」

「啊～知道了啦。」

經芽芽一再催促，我寫了日記。雖然只有一行。

「了解，波波前輩，都聽你的！」

開玩笑的字句，但是發自肺腑。

我大概始終都以為自己是大家的領導者吧，所以覺得現在變成了家裡蹲的自己很丟臉，一直無謂地在逞強。

但是，動腦想想就知道了。超和平 Busters 之間，從一開始就不分誰高誰低。

每一個人，都是最強的。

*

後來，我們經常在秘密基地集合。自從重現了一直耿耿於懷的「那一天」後，我們各自都接受了某種結果吧。

平常要上學的傢伙們就在放學後前往，打工組也會在閒暇時過去。我也不再獨自一人去秘密基地，必定帶著芽芽。我沒辦法過去的時候，芽芽也會自己跑去秘密基地。

前陣子都沒有討論的煙火施放日期也決定了，在十月的第一週。因為必須趕在煙火師大叔開始忙著準備冬季祭典之前，這是最晚可以實行的期限了。

「我打算也為芽芽準備芽芽專用的咖啡杯，妳想要什麼圖案？」

鶴子提問後，芽芽興高采烈地回答：「我想要小黃雞！」她最近似乎很喜歡小黃雞，明明以前喜歡的是牛奶熊。

超和平 Busters 的所有人都很自然地與芽芽相處。時而朝芽芽好像在的地方遞出點心糖果，時而順理成章就問：「那芽芽呢？」

而且教人驚訝的是，開口發問的傢伙轉過頭去後，那裡一定有著芽芽，甚至讓我忘了大家根本看不見芽芽。

「關於秘密基地牆壁的顏色，我覺得還是橘色比較好。那種像太陽一樣明亮耀眼的橘色！然後鶴子再把大家畫上去！」

九月下旬相繼來了幾個颱風，秘密基地的受損情況相當慘重。但超和平 Busters 所有人一聚在一起，災難也變成了慶典。以芽芽為中心，大家吵吵鬧鬧地展開修繕工作。

安鳴寫了那篇日記後，鶴子決定在牆壁上畫畫。明明表現得百般不情願，卻很認真地畫草稿，還拍了我們所有人的照片構思圖案。唯獨關於芽芽，她私底下偷偷跑來問我「芽芽與以前的不同」。我說：「依她小時候的照片作畫怎麼樣？」但鶴子搖了搖頭。

「我想要現在的模樣……我想將現在這個時間留下來。」

修復牆壁的工作做到一半，不期然地兩人獨處時，安鳴曾開口對我說。第一句話就犀利得彷彿拿刀砍向我的側腹。

「我果然還是喜歡你。」

「妳、妳！幹嘛突然……」

「可是，我發現了，我喜歡的是喜歡芽芽的仁太。」

「安鳴……」

「啊哈哈。因為芽芽不在的時候，你單純只是個遜斃了的陰沉傢伙嘛！」

「妳這傢伙！居然說我陰沉！」

「……我知道。因為有芽芽在，我才能夠喜歡你。所以，我不會再煩惱了……我要坦蕩蕩地單戀你！」

安鳴以開朗的話聲宣告，但連脖子也紅透了。

這份心意感覺很溫暖，我放鬆了緊繃的肩膀。

「哦……別太逞強啊。如果覺得痛苦，就來我的懷裡哭吧。」

「討厭，別跟雪集一樣講那種話啦！」

「咦？他對妳說過這種話嗎？」

「咦？他看來就像會說這種話吧？」

「踢罐子好好玩！芽芽真會找人，在非洲都可以當獵人啦。不過，我還是想玩捉迷藏。我會想想可以玩的辦法。」

大家也曾在秘密基地前玩過踢罐子遊戲。

一開始是芽芽表示「想玩捉迷藏」。但是，大家聽不見芽芽的聲音，所以就換成了踢罐子。就算聽不見她發號施令的聲音，只要感覺到罐子動了，就能明白芽芽的想法。

「我找到雪集了！抓到了！」

喀鏘！傳來芽芽踩罐子的聲音。但是，不曉得她找到了誰。

為了確認是誰被找到，大家都先看向我。

「我猜……應該是雪集。」

只有進行這項確認工作時，不管芽芽找到了誰，我們都不會問她。

「是嗎？是我被找到了嗎……」

被當鬼的芽芽找到，顯得很開心的雪集十分滑稽，大家忍不住笑了出來。

「幹嘛啦！我只是……！」

「啊，雪集是『幹嘛啦星人』！」

幸福的日子。但是，也是有限的日子。

交換日記的頁數越來越少，大家的字也越來越小。芽芽會很開心，所以想寫很多內容，但是——又害怕著日記本寫到最後一頁。

也許其實沒有期限。

因為之前「重現那一天」這件事也不是芽芽的心願。也許並不一定……煙火升空後，芽芽就會成佛。

但是，因為芽芽想要「投胎轉世」。

大家都知道芽芽的這個心願。芽芽在交換日記上寫了：

「芽芽投胎轉世的話，決定在身上做個記號！8好像不錯，大家覺得呢？」

芽芽不在的時候，大家跑來問我：「這句話是什麼意思？」我告訴他們，芽芽說「想跟大家說話」以後，所有人都紅著鼻子哭了起來。一張張哭得皺巴巴的臉很有趣，我放聲哈哈大笑後，發現自己也在哭。

我真的很遜。但是，遜又有什麼關係。在這些傢伙面前，做真正的自己就好了……他們大概也很遜。

一點一點地寫下文字，在每人手中輪流交換的日記。

但是，無論我們怎麼努力，頁數依然所剩不多……

捉迷藏

「那麼，我也會通知雪集跟鶴子！」

「嗯，我馬上就帶著芽芽過去。」

打工結束後，我和波波從工地現場走路回家。波波用大鍋子煮了牛筋咖哩，所以我們約好在秘密基地集合。

現在還不到傍晚五點，四周已經瀰漫著夕暮的氣息，夏天徹底從我們的生活周遭消失無蹤。

「還有一星期嗎……感覺過得真快呢。對吧，仁太？」

「嗯。」

「雖然想實現芽芽的心願……但偶爾還是會心想，如果她的願望不是火箭筒煙火就好了。」

「……嗯。」

「欸，要不要再確認一下芽芽現在的心情？你看，最近我們就算看不見芽芽，相處得也很愉快，她會不會心想用不著特地投胎轉世也沒關係？」

「嗯……」

我也開始有這種想法。

最近芽芽看起來過得真的很開心，雖然她確實會想跟大家聊天或見面，但如果稍微改變了心意的話……但那傢伙意外頑固，說不定不太可能。

「嗯，反正……稍微問問應該可以吧。」

「對吧？我就說嘛！」

＊

回到家後，我就像老媽還在世時一樣大喊：「我回來了！」最近這項舉動已經習慣成自然，但是，沒有人應聲。

「嗯？怎麼……在睡覺嗎？」

莫名有種不祥的預感。

真的只是預感，但我在意得脫下鞋子後也沒有放好，直接衝進起居室，一面喊著：「喂，芽芽！」

「你回來啦……」

起居室裡芽芽橫躺在暖爐桌旁，有氣無力地迎接我，樣子跟平常不太一樣。

「芽芽，妳怎麼了？身體不舒……?!」

我探頭察看芽芽，但立即僵住不動。

芽芽的手——開始變得透明。

「芽、芽芽……這是?!」

「嘿嘿……芽芽的……心願，好像已經……實現了呢。」

「咦……！」

「我想起來了。我跟仁太的……媽媽，有過約定。」

「跟老媽……?!」

＊

「真期待投胎轉世……不過，只有一件事讓我很擔心。」
芽衣子與仁太的母親，兩人單獨待在病房裡。
「什麼事情？」
「仁太都不哭呢。」
仁太母親的笑容有些黯然。
「我想大概是因為我現在臥病在床……他一直在逞強吧。」
「阿姨……」
「害他一直必須忍耐……但其實我更希望他大笑、生氣……或是哭出來呢。可是，要是我不在了……我猜他會比現在更加忍耐，變得更是壓抑自己吧……」
已經覺悟到自己很快就會消失的母親，內心尚有著柔軟的一塊地方。

「我知道了！」

芽衣子支著病床撐起身子，張大鼻孔。

「芽芽跟妳保證，絕對會讓仁太哭！」

「呵呵……芽芽，謝謝妳。」

「嗯！」

芽衣子伸出小拇指，仁太的母親打從心底如釋重負似地微笑後，兩人互相勾住小指頭。

「打勾勾，說好了喔！」

＊

「啊……」

搞什麼嘛，我心想。

讓我哭泣，以及實現老媽的願望，就是芽芽的心願嗎？

那麼——這個願望老早就實現了吧？

「你很努力、很努力喔。」

沒錯，老媽將嚎啕大哭的我抱在懷裡，這麼說了。

老媽也沒有料到，自己的心願會以這種方式實現吧。如今回想起來，當時老媽的手指和聲音都在微微顫抖。

「真笨耶，妳不知道嗎……我早就哭過了。」

「咦……！」

因為妳死了，所以我放聲大哭。

惹我哭泣的，始終都是芽芽妳啊……

「原來……是這樣子啊。」

芽芽露出傻氣的笑容。

「嘿嘿……仁太，真是愛哭鬼呢……」

「……芽芽！」

透明的手指觸摸我的臉頰，我才發覺自己哭了。

同時，芽芽的手已經直到手肘一帶都變得透明。

「好像到了……說再見的時候呢……」

「等等……再等一下！」

我不由自主地抱起芽芽的身體。

「不能只有我！」

滾滾而出的淚水已經停不下來了。

「我一直……一直都很想見到妳！」

「仁、太……」

「想呼喚妳的名字！……想向妳道歉……想對妳說，我喜歡妳！可是——大家都一樣！」

「啊……」

「不只有想娶妳當新娘子的喜歡！大家對妳的喜歡都不一樣！一直以來都喜

歡著妳！……妳也說過吧?!想跟大家好好說話！所以想要投胎轉世！」

「……」

「既然如此，那麼不只是跟我……也要確實跟大家……好好道別！——這是我的心願！」

芽芽輕得教人吃驚的身體微微顫動。

「仁太的……心願……」

於是，芽芽輕輕朝我伸來透明的手。

那隻手像在對我說著，「帶我過去吧」。

「呼、呼……！」

我揹著芽芽奔過夕陽染紅的橋梁。

背上的芽芽好像變得越來越輕、越來越輕，我不想去意識這件事，只是不間斷地動著雙腳。

前往我們的秘密基地。

前往超和平 Busters 的所有人都在等著的，我們的地方……

用力打開門，大家已經在小屋裡集合。

起初安鳴還悠悠哉哉地抱怨：「仁太、芽芽，好慢喔。」但在看到我的臉色後，立即驚覺不對勁。

「仁太，發生什麼事了！」

「芽、芽芽她……！」

……沙。

「咦……？」

撐著芽芽身體的手突然失去目標，我的身體因此失去平衡地摔了個四腳朝天。

「?!」

絕望的預感翻湧而上，我慌忙回過頭，身後——

沒有芽芽。

「芽芽……芽芽——！」
我忍不住放聲大吼，大家一窩蜂地跑向我。
「喂，仁太！」
「難、難道，芽芽——消失了嗎……?!」
「啊啊啊啊啊啊……！」
胃部深處接二連三地推擠出叫聲，讓人束手無策，連指尖也感到發癢的恐懼感擴散到全身。
「芽芽……！」
「仁太，你冷靜一點！」
「仁太！」
就在這時，背後出現「喀答！」的聲響。
「芽芽?!」
大家一同抬起頭。

「芽芽……妳還在嗎?!在那裡嗎！」

「……要玩捉迷藏喔。」

我好像聽見了芽芽的聲音。

「芽、芽……？」

「仁太，怎麼了？」

「芽芽說……要玩捉迷藏。」

「捉迷藏?!」

我下意識地往外飛奔。芽芽一直想玩捉迷藏，她一定是躲起來了——躲在那棵樹後面，躲在那張躺椅後面。

「仁太！」

「芽芽在外面嗎?!」

「唔……唔噢噢噢！芽芽，我絕對要找到妳！」

＊

「明明……我還在這裡呢。」

秘密基地裡，剩下芽衣子孤伶伶一個人。

只剩下誰也看不見的芽衣子。

（仁太說了……必須好好道別才行。）

好好道別。

連仁太也看不見的自己，能辦得到嗎？

芽衣子垂下目光，忽然看到了日記。記得今天輪到雪集，是為了讓芽衣子寫字才帶過來吧。

遠方傳來仁太的聲音：「芽芽，妳在哪裡！芽芽！」

「還沒好喔……」

芽衣子喃喃說著拿起筆，因為跟仁太說好了。

「必須好好……道別才行。」

雪集扮成女生的樣子很漂亮喔。

「雪集，你好。

雪集的內心也非常漂亮，謝謝你的髮夾。

我最喜歡凡事都很努力的雪集了。」

「鶴子，妳好。

謝謝妳替我創造了芽芽聊天專用區。

芽芽投胎轉世以後，也想像鶴子一樣對大家那麼溫柔。

我最喜歡溫柔的鶴子了。」

「安嗚，妳好。

安嗚是個很可靠的人，內心很溫暖。

芽芽跟安鳴在一起時，都變得很愛撒嬌。很多事情都對不起喔。

我最喜歡可靠的安鳴了。」

「波波，你好。

讓你留下可怕的回憶，對不起喔。可是，因為有波波看著我，

芽芽心想自己才能夠感到安心，幾乎不覺得痛吧。

我最喜歡有趣的波波了。」

寫字期間，「芽芽！」「芽芽──！」大家呼喚自己的聲音依然不絕於耳。

滴答滴答滾下的眼淚在日記頁上形成一灘水漬，文字模糊暈開。

「仁太。

芽芽確實跟大家告別了喔，不好意思，是用寫信的方式。

仁太，謝謝你讓芽芽加入超和平 Busters。

我發現有這麼多最喜歡的事情以後，也會產生很多的難過。
但是，芽芽還是最喜歡說『最喜歡』了。
我最喜歡仁太了。」

是呀……因為最喜歡大家，所以會難過。
雖然難過，但最喜歡了。
「還沒好喔……」
她還想和大家再玩一會兒，還想跟大家在一起。但是，已經……
「好——了——沒！」
「?!」
芽衣子赫然發覺。
大家在呼喚自己，芽衣子不過去的話，就不算是捉迷藏。
仁太確實找到了回到這裡的芽衣子，誰也看不見的芽衣子。超和平 Busters 的
所有人都確實相信了她的存在。

（芽芽……得過去才行。）

＊

「好——了——沒！」

「喂、喂！仁太……」

發現我突然加了節拍大聲叫喊，大家都茫然地看著我。但是，很快又抬起頭。

「是啊……畢竟在玩捉迷藏嘛！」

「好——了——沒！」

大家異口同聲地一再大喊。

芽芽，再一次出聲回答吧。拜託妳……！

「……好了唷。」

宛如被風吹動的群木，帶著清涼感的細柔聲音響起。

「啊……」

「芽芽！」

突然間——芽芽理所當然般坐在樹蔭底下。

夕陽的紅色餘暉讓她纖細的肩膀，和修長的雙腳顯得透明。

看得見這一幕的不只是我。

「我看到……芽芽了。」

「是芽芽……芽芽——！」

超和平 Busters 的每個人似乎都看得見芽芽，眼眶霎時湧現淚水。

「芽芽！」

聽到大家呼喊自己的名字，芽芽露出了平常的傻氣溫暖笑容。

「這種時候……不應該是叫名字吧？」

「咦……」

「芽、芽芽……？」

芽芽現在就在眼前，而我們確實找到了她。
這種時候該說的話只有一句，但是……
「快點說吧？」
「啊……」
「大家一起……說出來吧？」
芽芽恬靜地面帶微笑，注視著大家。
一旦說出那句話，我大概猜得到會有什麼結果……不只是我，大家都知道。
「我、我不要！因為……要是說了……芽芽就真的會消失不見吧……？」
「……」
芽芽帶著微笑，沒有回答。
「芽芽……」
「嗚……芽、芽芽……」
大家的啜泣聲在四周迴盪，芽芽依然溫柔微笑著。
但是，我很清楚，妳——

「……我說。」

「仁太……？」

「但交換條件是……妳不要再勉強自己笑了！」

「！」

「什麼叫『為了讓我哭泣』啊！妳也沒有資格說別人吧！明明是愛哭鬼……卻不是真正的愛哭鬼！妳每一次哭都是為了別人！」

「仁、太……」

芽芽雙眼圓睜地望著我。沒錯，別再笑了……！

「別老是為了別人著想……快哭啊！這種時候就是要哭！妳要為了自己哭！」

「仁……太。」

「愛哭鬼芽芽！不要為了別人勉強自己笑……哭出來啊！如果妳哭了，那我就說……我答應妳！」

「……」

芽芽眼眸裡的恬靜消失了，然後——

「嗚……嗚啊啊啊啊啊啊！」

潰堤一般，淚水接連不斷地從芽芽眼中掉下來。

「芽芽……！」

她的臉上，不再是一如既往的傻乎乎笑容。

「我不要……芽芽還不想離開！我……我還想再跟大家一起玩——！」

她的臉蛋滿是淚水與鼻水，皺成一團，哭得一塌糊塗。

「明明、我跟大家一起做了煙火！我好想看煙火……想跟大家一起手牽著手……再跟大家一起看……！」

「啊……！」

「可是，芽芽、沒有辦法跟大家、手牽手……所以，所以！芽芽要……投胎轉世！芽芽……嗚咕……為了可以……真正地跟大家手牽手……！」

芽芽的哽咽哭泣聲與大家的啜泣聲形成奇妙的和諧合唱，在周遭繚繞不絕。

我從沒見過芽芽像這樣子放聲大哭，大家也一樣。

孩子氣的言行舉止，愛哭鬼芽芽。

但是，也是永遠都最成熟的芽芽。

而她……現在正哭泣著。比起當時更像小孩子，大聲地痛哭著。

「仁太……！芽芽，哭了喔！」

「嗯……」

「仁太……我哭了喔！芽芽哭了！不只是為了大家……為了自己，哭了喔！

芽芽用哭紅的雙眼，下定決心地筆直注視我。

所以……芽芽……！」

「……嗯！嗯！」

我不再遲疑，回頭看向超和平 Busters 的所有人。大家都哭得毫無形象可言，

用力地向我點一點頭。

在夕陽的照射下，芽芽的身體漸漸變得透明。

要是芽芽就這麼融進這片大氣裡……我像要將萬物全納入自己體內般，深深地吸一口氣，然後——

「預備……！」

「……芽芽，找到妳了！」

寂靜降臨。

哭哭啼啼的芽芽……老樣子又傻氣地咧起嘴角，是為了我們想展露笑容吧。

但是，卻有些笨拙。

「被找到……了呢……」

夕陽照亮了芽芽，照亮了我們——

芽芽消失了。

那年夏天盛開的花

我寫了交換日記。

在那之後，超和平 Busters 一次也沒有聚集過，我甚至沒有和波波聯絡。

那一天，回到秘密基地以後，我們看了交換日記上芽芽寫給我們的留言。我們就像大腦神經燒壞了一樣哭得不能自已，然後噤口不再作聲。因為如果不小心說了些什麼，好像會把芽芽勉強殘留下來的氣息也趕跑。

但是，唯獨波波低聲嘀咕說了⋯⋯

「仁太真狡猾。」

「咦？」

「我都還沒能對芽芽說⋯⋯我最喜歡她了。」

芽芽真的確實跟大家道別了。
她實現了我的願望。

我寫著交換日記。
因為芽芽要我別停下日記。總之我寫完日記後，會再拿給雪集，之後雪集打算怎麼做都無所謂。

「就是今天呢，放火箭筒煙火的日子。
大家也許都忘了吧。我和煙火師大叔聯絡過了，我打算過去，也打算放煙火。
芽芽的心願究竟是什麼呢？
抱歉，我一直沒有告訴大家，而且也找不到時機，芽芽的心願似乎是讓我哭。

聽說她跟我老媽作了約定。

但是，我總覺得不是這個。我覺得不是。

我想問芽芽。

『妳的願望是什麼？』

等我死了以後，我要當成是我的願望。

如果一直懷抱著這個願望，等我有朝一日不在了，也許就能去投胎轉世的芽芽身邊，然後要求她實現我的心願。

那樣一來，就能再次見到芽芽。

這些話很蠢吧？但我是真心這麼認為。

你們要是死了，也來我這裡，然後向我許願吧。那我就會再召集剩下的其他人，大家一起實現願望。

如果能夠像這樣，超和平 Busters 永遠地持續下去就好了。」

＊

我前往煙火的施放地點，大叔家的後山。

原本該和芽芽一起走這條路呢……我這樣心想著，而超和平 Busters 的成員都在那裡等著我們。

波波搞不好已經一臉快哭出來的樣子，但又蹭著鼻子，勉強裝出活潑的聲音說：「仁太，你很慢耶！」

「仁太，你很慢耶！」

我吃驚地抬起頭。

眼前竟是帶著笑容的超和平 Busters 一行人。

「你們……為什麼……」

「什麼為什麼！今天是放火箭筒煙火的日子吧！」

「可、可是，我們又沒有互相聯絡……」

「嗯，可是……不由自主就走過來了呢。」

「對啊對啊，不由自主，結果來了以後你們也在！」

雪集咧嘴微笑。

「我先聯絡了大叔……於是他就說仁太已經打了電話給他，不愧是老大。」

「啊……」

這時，大叔開口說了。

「好，你們都到齊了嗎？要開始放煙火啦！」

「是！」

在架起的高台上設置好火箭筒煙火。火箭筒向著澄澈得無邊無際的秋季天空聳立，看來簡直像座紀念碑。

大叔拿著點火器靠近高台。

芽芽應該已經不在這裡了，但我卻覺得芽芽就在身邊，雙眼因為期待和不安閃閃發光，噠噠噠地在大家四周跑來跑去……

「我要點火囉！」

大叔大喊，將點火器湊向導火線。

這一瞬間——波波往前跨了數步。

「芽芽！這陣子以來謝謝妳……」

然後嘶地吸起鼻水。

「我！最喜歡芽芽了——！」

聽到波波的吶喊，鶴子、安鳴及雪集也向前踏步。

「我也……最喜歡了！我最喜歡芽芽了！」

「芽芽，我最喜歡妳了！」

「我也……一直一直以來，都最喜歡芽芽了！」

「你們……」

芽芽留下的訊息，以及無法說出口的喜歡。

讓這份非常喜歡的心情乘載在火箭筒上——傳達給在天上的芽芽。
我也仰起頭，幾乎要喊破喉嚨地大聲嘶吼：
「芽芽，我最喜歡妳了——！」
聽見我們的大吼大叫，大叔愕然地張著嘴巴。
「喂、喂喂……我真的可以點火嗎……？」
「麻煩您了！」
我們異口同聲地低下頭去。

火焰沿著導火線燃燒前進……砰！
煙火在半空中綻放，五顏六色的布條與煙霧在空中翩然起舞。

煙火升空的瞬間，也分不清是誰先開始，我們互相牽起了手。
五個人牢牢地握著彼此的手。
我的右手握著鶴子的手，空著的左手……為了與芽芽牽手，悄悄伸向斜下方。

花稍的布條從空中紛飛著飄落而下。

我們注意到了其中一塊布。是大家一起製作煙火的那一天——芽芽所剪的花狀的布。

*

有些事，那時我們還不知道。

是在我們又開始三天兩頭跑到秘密基地後，過了一陣子才發現。

刻在柱子上的「超和平 Busters」旁，有著由芽芽寫下的，小小、小小的，還十分嶄新清晰的文字。

「超和平 Busters ∞永遠是好朋友」

——END——

國家圖書館出版品預行編目資料

未聞花名（下）／岡田麿里 著；許金玉
譯.--初版.--臺北市：平裝本. 2015.8
面；公分（平裝本叢書；第418種）
（@小說；50）
譯自：あの日見た花の名前を僕達はまだ知らない。下巻
ISBN 978-957-803-975-9(平裝)

861.57 104013561

平裝本叢書第418種
@小説050
未聞花名（下）

作　　者—岡田麿里
譯　　者—許金玉
發 行 人—平　雲
出版發行—平裝本出版有限公司
台北市敦化北路120巷50號
電話◎02-27168888
郵撥帳號◎18999606號
皇冠出版社(香港)有限公司
香港銅鑼灣道180號百樂商業中心
19字樓1903室
電話◎2529-1778　傳真◎2527-0904
總 編 輯—許婷婷
美術設計—程郁婷
著作完成日期—2011年
初版一刷日期—2015年8月
初版十一刷日期—2024年6月
法律顧問—王惠光律師

讀者服務傳真專線◎02-27150507
電腦編號◎435050
ISBN◎978-957-803-975-9
Printed in Taiwan
本書定價◎新台幣250元/港幣83元